Angie Westhoff
Die Nachtflüsterin

Angie Westhoff wurde 1965 geboren. Sie studierte Germanistik und Geschichte in München, wo sie auch heute noch lebt. Angie Westhoff arbeitet in der Erwachsenenbildung und schreibt Kinderbücher.

Angie Westhoff

Die Nachtflüsterin

Klopp · Hamburg

© Klopp im Ellermann Verlag GmbH, Hamburg 2011
Alle Rechte vorbehalten
Einband von Regina Kehn
Reproduktion: igoma GmbH, Hamburg
Druck und Bindung: Bercker Graphischer Betrieb, Kevelaer
Printed 2011
ISBN 978-3-7817-2355-9

www.klopp-buecher.de

Inhalt

Einleitung

Im Golf von Triest gibt es einen Wind, der zu den stärksten der Welt gehört. Wenn er aufzieht, bleibt den Seglern kaum eine Stunde, um ans sichere Land zu kommen. Den Fischern, Ausflüglern und unzähligen Touristen auf dem Meer bleibt dann nicht viel Zeit.

»Das Großsegel muss runter«, brüllte der Mann, klinkte den Sicherheitshaken ein und kletterte auf das vordere Deck. Das Funkgerät war ausgefallen, oder sie hatten die Warnung einfach nicht gehört, und der Mann staunte, wie unruhig der Seegang innerhalb kürzester Zeit geworden war. Die Wellenkämme zerstoben bereits zu Dunstwolken, eine gefährliche Gischt, in der bald Sicht und Atmung behindert würden.

Der Mann griff nach der Axt, hieb das Seil durch, und das Segel rauschte krachend aufs Deck. Dann warf er den Motor des kleinen Bootes an.

Seine Frau stand am Ruder und hielt es mit aller Kraft, als plötzlich ein dumpfer Knall das Boot erschütterte, das nun wie ein leichter Plastikball über die Wellen hüpfte.

»Das Ruder ist gebrochen«, brüllte die Frau in den Wind, der ihre Worte mit sich fortriss und sie aufs Meer hinaustrug.

Der Mann glaubte nicht an Schicksal oder Bestimmung, für ihn gab es nur Glück oder Unglück. Dennoch ertappte er sich jetzt dabei, wie er Neptun anflehte, den Gott der Meere, an den er eigentlich auch nicht glaubte. Denn ohne Funk und Ruder waren sie verloren, der Sturm würde sie aufs offene Meer hinaustreiben, und dann konnte sie nur noch ein Wunder retten.

St. Quentin

Wally Vanderbeck lag auf ihrem Bett und starrte auf ihr linkes Bein, auf diesen Fleck fünf Zentimeter oberhalb ihrer Kniescheibe. Der Fleck sah aus wie Großbritannien, mit einem kleinen schwarzen Punkt im unteren Drittel, genau dort, wo sich die Hauptstadt befand, London. Es war das schönste Muttermal, das Wally je gesehen hatte, und es grenzte an ein Wunder, dass ausgerechnet sie ein solches besaß. Noch dazu an einer Stelle, die man sehen konnte, wenn die Röcke nur kurz genug waren. Und Wallys Röcke waren kurz. Auch wenn ihre Beine schrecklich bleich und so dünn wie Schraubenzieher waren, das spielte keine Rolle, zumindest nicht für sie.

Wally strich über das Muttermal, tippte mit dem Zeigefinger auf den kleinen Punkt und lächelte. Eines Tages würde sie nach London gehen und St. Quentin für immer den Rücken kehren. Dem alten, zugigen Gemäuer mit seinem großen Innenhof und den vielen Schornsteinen auf dem Dach. Dem schmutzig gelben Anstrich, der in der Dunkelheit aussah wie schimmelnder Babybrei. Und der ratternden Hochbahn, die unerbittlich vor den Fenstern entlangstampfte und die halbe Nacht Geräusche machte wie ein Feuer speiender Drache.

St. Quentin war ein Waisenhaus. Genauer gesagt ein Heim der Kinder- und Jugendfürsorge, und es lebten ziemlich viele Menschen darin. Jede Menge Betreuer, unzählige Kinder, und nur die Nachtbeleuchtung auf den Fluren machte vergessen, wie dunkel es draußen und wie einsam es hier drin manchmal sein konnte.

Es gab Bettwäsche, die nach frischem Waschpulver roch, ein paar Fernseh- und ein Spielzimmer, in denen Kinder herumschrien und manchmal auch weinten. Über den Türen hingen Kreuze, und vor dem Abendessen wurde gebetet. Doch das Essen war gut, richtig gut sogar, deshalb nahm Wally das abendliche Beten billigend in Kauf und hatte sich mittlerweile längst daran gewöhnt.

Sie lebte hier, seit man sie als Neugeborenes in die Babyklappe gelegt hatte. Das war eine Schublade für Kinder, die keiner haben wollte, mit einer schönen warmen Decke darin und ein bisschen Licht. In St. Quentin befand sich solch eine Schublade gleich neben der Eingangstür, und dort war sie gefunden worden, von Walburga Benedikta, einer Schwester des Benediktinerordens.

Unglücklicherweise hatte Schwester Walburga noch nie zuvor ein Baby aus der Klappe geholt, was kein Wunder war, denn es wurden nur ganz selten Babys in die Klappe gelegt. Walburga glühte jedenfalls vor Stolz und kriegte sich gar nicht mehr ein vor Aufregung. Und deshalb bekam Wally auch den Namen der Schwester: Walburga Benedikta, was in Wallys Ohren so klang wie die letzte Zeile aus einem alten Gebetbuch. Sie hatte den Namen abgekürzt und Wally daraus gemacht, den Nachnamen suchte sie sich Jahre später selbst aus, fand ihn zufällig in einem

Strumpfkatalog für Damen. Vanderbecks Kniestrümpfe waren ein echter Renner, und Wally hatte sofort gewusst, dass sie genau so heißen wollte: Vanderbeck. Wally Vanderbeck.

Auf dem Flur waren jetzt Geräusche zu hören, feste Schritte und dann die laute Stimme von Mona Windhart.

»Wer schleicht um diese Uhrzeit noch hier herum?«, keifte sie, und Wally konnte sich bildhaft vorstellen, wie Mona hinter jede Säule spähte, die bodenlangen Vorhänge lüpfte und mit geschärftem Blick die langen Flure absuchte.

»Ihr meint wohl, ihr könnt mich an der Nase herumführen?«, bellte sie, und Wally zuckte zusammen. Mona Windhart war eine unangenehme und ganz und gar ätzende Person. Die einzige Betreuerin, die von allen Kindern in St. Quentin gemieden wurde, und zwar ausnahmslos. Mona war groß und knochig, hatte Knopfaugen, schwarze, halblange Haare und das spitze Gesicht einer Feldmaus. Wenn sie sprach, knallten ihre Worte wie Peitschenhiebe, und wenn sie lachte (was äußerst selten vorkam), klang es wie das Schnarren eines anspringenden Dieselmotors. Obwohl Mona mit ihren dreißig Jahren noch gar nicht so alt war, vertrat sie die Auffassung, dass Härte und Disziplin keinem Kind schadeten, und bemühte sich aus ganzem Herzen, ihrer Haltung gerecht zu werden. Stets verteilte sie Höchststrafen, denn bei ihr gab es weder Niedrig- noch Normalstrafen. Dafür bekam Wally die Höchststrafe meist gleich mehrmals die Woche. Die Vergehen waren geringfügig, einmal kaute sie Kaugummi, ein andermal sang sie auf dem Flur, aber Mona war nicht nur wachsam, sondern ließ sich auch stets neue Bestrafungen einfallen. Und so hatte Wally schon Kartoffeln schälen, Schuhe putzen, in der Waschküche Unterhosen nach

Farben sortieren und die fünf Schweine füttern müssen, die im hintersten Eck des Hofes im Stall standen.

In diesem Moment sprang die Tür auf, und Mona marschierte, stramm wie eine Kadettin der US-Marines, in Wallys Zimmer.

»Wally Vanderbeck – im Bett«, sagte sie, und es klang, als verfasste sie einen wichtigen Bericht und spräche in ein Diktiergerät, um das Ganze morgen abzutippen.

»Im Bett und bereit zu schlafen«, entgegnete Wally und unterdrückte ein Grinsen. Die Alte hatte nicht alle Tassen im Schrank, gehörte ins Finanzamt oder zur Armee, aber auf gar keinen Fall nach St. Quentin.

Mona Windhart trat den geordneten Rückzug an, jedoch nicht ohne vorher noch auf den Lichtschalter zu drücken. »Schlafenszeit«, schnauzte sie. »Du solltest dir ein Vorbild an den anderen nehmen.« Und schon war sie verschwunden, genauso schnell, wie sie gekommen war.

Wally starrte ins Dunkel und seufzte – die anderen. Das waren die unzähligen Kinder in St. Quentin, die kaum mit ihr sprachen, ihr höchstens mal zunickten, wenn sie sich auf einem der Flure an ihnen vorbeidrückte. Die wenigsten hier mochten sie, und Wally ahnte auch, warum: Vor langer Zeit, kurz nachdem sie die Geschichte der heiligen Walburga hörte, die, auch als Waisin aufgewachsen, sich schließlich als Tochter von König Richard von Wessex entpuppt hatte, hatte Wally allen erklärt, königlicher Abstammung zu sein, aus hochherrschaftlichem Haus sozusagen. Und das hatten ihr viele in St. Quentin übel genommen. Nicht, weil die anderen Kinder Träume dieser Art verabscheuten, sie hatten vermutlich ähnliche. Aber Wally hatte ihren ausgesprochen und glaubte daran, und das ließ die anderen Kinder ins Hintertreffen geraten, ihre eigenen Träume wurden unsichtbar und wertlos, egal, wie schön sie auch ausgedacht waren. Und so erfanden sie Schimpfwörter für Wally: Klappenkind, Lügendiva und Stelzenprinzessin (wegen ihrer dünnen Beine), Stinkrübe und Hexenbalg.

Natürlich gab es auch nette Mitbewohner. Kevin Cavendish zum Beispiel, der einen Kirschkern so weit spucken konnte, dass man ihn im Flug aus den Augen verlor. Penelope Pattra, ein älteres Mädchen mit Irokesenschnitt, die siebenjährigen Zwillinge Sina und Robin, die ihre Eltern bei einem Autounfall verloren hatten und aufeinander aufpassten wie zwei einsame Taucher in der Südsee. Oder Jakob, einen äußerst gut aussehenden Jungen, der allerdings mit kaum jemandem sprach.

Nun waren tatsächlich seltsame Laute auf dem Flur zu hören, ein unterdrücktes Kichern, hastige Schritte, leises Flüstern. Wally horchte kurz, sprang aus dem Bett und öffnete die Tür. Die meisten Kinder waren längst in ihren Zimmern. In St. Quentin ging man früh zu Bett, und nur vereinzelt tönte aus einem der Räume leise Musik, der zarte Hauch eines harmonischen Klangs, der sich in den Weiten des Hauses verlor.

Wally spähte den Flur hinunter, erhaschte gerade noch einen Blick auf Trischa Taler und ihre Freunde und zuckte zusammen. Trischa, Nuriel und Malle, das waren die Schlimmsten hier im Haus, eine Bande von Kotzbrocken und Kanalratten. Trischa hatte lange blonde Haare und war ausgesprochen hübsch. Doch ihr Mund spie meist vernichtende Gemeinheiten aus, und ihre Augen konnten so gefährlich funkeln, dass man in deren Blicken verglühte. Nie war Trischa ohne ihre Fans unterwegs: die dunkelhaarige Nuriel, anhänglich wie ein Schatten, und den muskelprotzenden Malle mit seinen schwarzen Haaren und dem Goldkettchen um den Hals. Malle hieß eigentlich Marlon, Marlon Richter, aber in St. Quentin waren schon viele Namen abgekürzt und verstümmelt worden, und so war aus Marlon irgendwann etwas geworden, das so klang wie eine Insel der Balearen: Malle.

Wally rieb sich die Augen und starrte den dreien hinterher. Was trieben sie um diese Zeit hier, und wohin wollten sie? Wally überlegte kurz, dann zog sie den Kopf ein und lief in leicht geduckter Haltung den Flur hinunter. Schnell bog sie um die Ecke und erhaschte gerade noch einen Blick auf das Trio, wie es am Ende des Flurs durch eine Tür verschwand. »Schwein gehabt«, murmelte Wally und staunte nicht schlecht, die drei hatten den Gang betreten, der zu den Räumen des Personals führte, zu den Wohnungen von Mona, der Köchin und der des Hausmeisters.

»Schön, dass ausgerechnet wir das Armband gefunden haben«, sagte Nuriel und sprang vor Freude durch die Luft. Vermutlich sprach Nuriel von Mona Windharts Erbstück, das tagelang als verloren gegolten hatte. In Suchtrupps hatten die Kinder das Haus durchstreifen müssen, um das Armband zu finden, doch umsonst.

»In Wallys Nachtkästchen liegt es jedenfalls gut«, zischte Trischa und lachte. »Schieb endlich den Brief unter der Tür durch und nichts wie weg.«

Malle schüttelte sich vor Freude, und Wally gefror das Blut in den Adern. In Windeseile rannte sie zurück in ihr Zimmer, öffnete die Schublade ihres Nachttisches, und da lag es: das Armband von Mona.

Da saß Wally nun, in der Dunkelheit der Nacht, starrte auf das Armband und überlegte. Der Plan dieser drei Kotzbrocken war klar, so klar wie Hühnerbrühe. Mona Windhart würde morgen den Brief entdecken, mit dem Hinweis, dass sie, Wally, das Armband geklaut hatte. Man würde ihr Zimmer durchsuchen, das gute Stück finden, und sie würde fünfzig Höchststrafen erhalten, vielleicht auch hundert. Die konnte sie dann abarbeiten, bis der Herbst und der Winter ins Land zogen, vielleicht sogar ein ganzes Leben lang.

Wally nahm das Armband, griff nach einer Stricknadel und schlich zu Monas Wohnung zurück. Es war nicht ganz einfach, den Zettel wieder hervorzuholen, aber nach drei Versuchen, bei denen Wally wie wild mit der Stricknadel unter der Tür herumstocherte, wurde sie belohnt. »Wir haben Ihr Armband gefunden – Trischa, Nuriel, Malle«, stand auf dem kleinen Papier. Und etwas weiter unten: »PS: Gucken Sie doch mal in Wallys Nachtkästchen.«

Mit spitzen Fingern riss Wally vorsichtig das Postskriptum ab, die letzte Zeile war getilgt, ihr eigener Name verschwunden. Nun konnte sie den Zettel vor Monas Tür legen, zusammen mit dem Armband, das schillernd im grünen Licht der Notbeleuchtung funkelte.

Jakob saß ganz vorne am Schaltpult und ritt durch die Dunkelheit. Durch die Frontscheibe konnte er sehen, wie sein Raumschiff in die Berghöhle tauchte und hineinsauste, steil bergab durch einen dunklen Schacht bis zur Erdmitte, dorthin, wo Magma und Lava schmolzen. Es zischte leise, das Raumschiff verringerte seine Fahrt, und als es hielt, drückte

Jakob einen Knopf, den Schutzschildaktivator gegen die Hitze im Erdinneren.

»Liebermannplatz«, sagte eine helle Frauenstimme vom Band. »Bitte aussteigen.«

Jakob grinste und schüttelte den Kopf. »Diese blöden Ansagen versauen mir die besten Träume.«

Sein Onkel nickte und warf einen Blick aus dem geöffneten Fenster, hinaus auf den Bahnsteig des U-Bahnhofs. Dann beugte er sich über das Mikrofon.

»Zurücktreten«, schnarrte er, mit einem weiteren Knopfdruck schloss Jakob die Türen, und die Fahrt konnte weitergehen. Doch jetzt saß Jakob nicht mehr in einer Raumkapsel auf dem Weg ins Erdinnere, sondern in einer U-Bahn, ganz vorne im Fahrerhäuschen.

Das war natürlich auch nicht schlecht, und viele Kinder hätten ihn darum beneidet, doch für Jakob war das ziemlich normal. Onkel Achim war U-Bahn-Fahrer, und wenn er sich eine Genehmigung ausstellen ließ, durfte Jakob mitfahren, die ganze zehnstündige Schicht lang. Und Achim ließ sich oft eine Genehmigung ausstellen, mindestens zweimal im Monat. Dann saßen die beiden nebeneinander in der kleinen Kabine, öffneten und schlossen Türen, erzählten sich Geschichten oder dachten sich welche aus.

»Captain an Maschinenraum«, sagte Achim, er war ein Fan von *Raumschiff Enterprise* und zu alt für modernere Spiele, »blinkende Raumschiffflotte vor uns, Tempo drosseln.«

Und dann nickte Jakob, weil er natürlich auch die Signale sah und ihre Bedeutung verstand, Einfahrt in den nächsten Bahnhof, runter mit dem Tempo. Er durfte am Hebel ziehen und mit dem Gas runtergehen, ganz langsam, bis die U-Bahn behäbiger wurde, schnaufend an der Kante des Bahnsteigs entlangschrappte und bremste. Und kurz vor Weihnachten und seinem Geburtstag durfte er sogar alleine fahren, dann stand Achim hinter ihm und kontrollierte alles mit Argusaugen, aber so schwer war das gar nicht.

Erwischen lassen durften sich die beiden natürlich nicht. Ein zwölfjähriger Zugführer hätte das Vertrauen in die Fahrgastbeförderung vermutlich gewaltig erschüttert und Achim den Arbeitsplatz gekostet. Aber Onkel Achim hatte seinen Spaß an dieser Form von Geschenken.

»Sie kosten nichts und machen eine Menge Spaß«, sagte er und ließ Jakob auf seinem Stuhl Platz nehmen, zeigte ihm, wie er alle halbe Minute mit dem Fuß auf ein Pedal drücken musste, der Kontakt erzeugte ein Signal, und dieses wurde an die Zentrale weitergeleitet, um anzuzeigen: Der Fahrer lebt, die U-Bahn fährt sicher.

Dieses Todes-Pedal, wie Jakob das Ding gerne nannte, war eingebaut worden, weil vor einiger Zeit ein Fahrer über dem Pult zusammengebrochen und seine Bahn ungebremst durch Gänge und Schächte gebraust war. Das konnte nun nicht mehr passieren: Der Fahrer musste alle halbe Minute auf das Pedal drücken, sonst wurde das Gas automatisch gedrosselt, und die U-Bahn stoppte.

Jakob liebte die Fahrten durch die dunklen Schächte, das Schimmern der schnurgeraden Gleise, den hellen Punkt, der in weiter Ferne auftauchte, wenn ein Bahnsteig in Sicht kam, und den Blick auf die Menschen, die mit Einkaufstüten und Aktentaschen ungeduldig am Gleis warteten. Es war die Parallelwelt, sein verborgenes Reich, die Stadt unter der Stadt. Hier lebten Ratten und Mäuse, tropfte Wasser von der Decke, und wenn man das Fenster einen Spalt öffnete, drang der kühl-muffige Geruch nach Fäulnis in die Kabine.

Jetzt gab Onkel Achim Gas, und die Bahn bewegte sich aufwärts, kletterte aus den Tiefen der Dunkelheit hinauf an die Oberfläche.

In manchen Teilen der Stadt hatte man das unterirdische System nicht weiter ausgebaut, hier fuhr die Bahn über der Erde durch Wohngebiete, an belebten Straßen entlang, und dann schleppte sie sich auf eine Brücke, wurde zur Hochbahn, die an alten Fabriken und Schulen vorbeidonnerte.

»St. Quentin«, sagte Onkel Achim, als der Zug an dem alten Gemäuer vorbeiratterte. Hinter vielen Fenstern brannte bereits Licht, und Jakob meinte für einen Augenblick, das Lachen von Kindern zu hören.

»Ja, St. Quentin«, antwortete er, und Achim grinste. Das war ihr altes Spiel, sie sagten das jedes Mal, wenn sie hier vorbeikamen. Das brachte Glück und furchtbares Unheil, sollten sie es jemals vergessen.

Seit drei Jahren lebte Jakob nun schon in St. Quentin, seit dem furchtbaren Tag, als seine Eltern mit einem Sportflugzeug abgestürzt und dabei ums Leben gekommen waren.

Natürlich gab es noch Onkel Achim, den Bruder seines Vaters und Jakobs einzigen Verwandten. Doch Achim lebte für seine Arbeit, und seine kleine Einzimmerwohnung im Westen der Stadt bot nicht genug Platz für zwei.

»Dann musst du ins Heim«, hatte die Dame vom Jugendamt erklärt und dabei so hilflos gelächelt, dass die Goldzähne in ihrem Mund geblinkt hatten. Jakob erinnerte sich kaum mehr an die furchtbaren Tage nach dem Tod seiner Eltern, nur die Dame vom Jugendamt, die hatte sich in sein Gedächtnis gebrannt wie Karamellsoße in unschuldigen Pudding.

So war Jakob nach St. Quentin gekommen, aber an den Wochenenden besuchte er Onkel Achim, dann spielten sie Schach, aßen Würstchen mit Ketchup an der Imbissbude oder fuhren gemeinsam U-Bahn. Mit dieser Regelung waren beide recht zufrieden. Jakob bekam in St. Quentin eine solide Ausbildung, war gut versorgt, und Achim konnte seine Freiheit behalten, die kleine Wohnung und die noch kleinere Kabine ganz vorne in seiner U-Bahn.

»Sollen wir uns noch eine Geschichte ausdenken?«, fragte Achim, doch Jakob schüttelte den Kopf. Er stand auf, streckte sich und verzog das Gesicht.

»Schon wieder Schmerzen?«, fragte Achim, und über sein gutmütiges rundes Gesicht huschte der Anflug von Sorge.

Jakob winkte ab, so schlimm war es nicht, nur das Übliche. Ein stechender Schmerz in der Hüfte und ein übles Ziehen im Oberschenkel. Vor drei Jahren war das zum ersten Mal aufgetreten und der ärztliche Befund eindeutig: Jakob hatte Arthrose, eine Krankheit, die andere Menschen erst mit achtzig bekamen, wenn überhaupt.

»Machst du regelmäßig deine Übungen?«, fragte sein Onkel, und Jakob nickte. Natürlich machte er seine Übungen, jeden Morgen nach dem Aufstehen, aber das half nicht immer. Manchmal besuchte ihn der Schmerz wie ein ungebetener Gast, ohne Vorwarnung und ohne nur einmal vorher anzuklopfen. Das war auch der Grund, warum sich Jakob von anderen Kindern fernhielt. Er sah gut aus, hatte stechend blaue Augen und Haare wie braunes Stroh, die in alle Richtungen standen, so als wäre er mit den Fingern in eine Steckdose geraten. Er war ziemlich sportlich und eigentlich auch kontaktfreudig, aber er schämte sich für seine Krankheit und hasste es, darauf angesprochen oder gar bemitleidet zu werden.

Onkel Achim öffnete das Fenster und streckte die Nase heraus. »In diesem Viertel riecht es immer nach Tankstelle«, brummte er, und Jakob grinste. Er und sein Onkel liebten Gerüche, egal, woher sie kamen und wem sie anhafteten.

Onkel Achim roch nach Aftershave, die Leute in der U-Bahn nach Schweiß und Regen, Mona Windhart nach Pferden. Nur die Kinder im Heim rochen alle gleich, der strenge Geruch nach ungebleichtem Waschpulver verriet, woher sie kamen und in welcher Wäsche sie schliefen, da half kein Deo und auch kein Parfüm.

Nur ein Kind duftete anders, ein Mädchen in kurzen Röcken: Wally Vanderbeck. Jakob wusste so gut wie nichts über sie. Außer dass sie nach Meer roch, nach salziger Gischt am brandenden Ufer. Das war ein wenig seltsam und erweckte seine Neugier. Aber da er engere Kontakte in St. Quentin vermied, hatte er kaum jemals ein Wort mit ihr gewechselt. Nachmittags spielte er meist für sich alleine Fußball, wenn seine Schmerzen es zuließen, oder er machte Hausaufgaben, und nachts … nun, das war ein anderes Kapitel, aber auch dieses wollte er mit niemandem teilen.

Nur wenige Kilometer von St. Quentin entfernt schloss Lisanne Templer an diesem Abend die Wohnungstür auf, stolperte über die Mülltüte und den achtlos hingestellten Staubsauger und hängte ihre Jacke an die Garderobe. »Mams, bist du da?«, rief sie, auch wenn dies eine rein rhetorische Frage war, denn Frau Templer verließ nur selten die Wohnung.

»Natürlich, mein Schatz«, tönte es dann auch aus dem Wohnzimmer, fröhlich und in freudiger Erwartung. »Ich suche gerade neue Vorhänge aus!«

Lisannes Mutter saß im Wohnzimmer über Stoffproben und Katalogen gebeugt und deutete strahlend auf einen pinkfarbenen Damast mit rotem Rosendekor. »Wären das nicht wundervolle Farbflecken in diesem ganzen Einerlei hier?«

Lisanne warf einen Blick auf die Muster und entspannte sich. Ihre Mutter machte Pläne, das hieß, heute war ein guter Tag. Lisanne nannte diese Tage Schmetterlingstage. Mit neuen Ideen, herzlichem Lachen und ungeahnten Plänen. Tausend Vorhaben und unendlich vielen Versprechungen. Lisanne mochte die Schmetterlingstage, auch wenn sie mittlerweile wusste, dass keiner der vielen Pläne ihrer Mutter jemals wahr werden würde.

»Sieht gut aus«, sagte sie und gab ihrer Mutter einen Kuss. »Ein wenig knallig vielleicht, wie Seerosen mit Lippenstift.« Frau Templer lachte, jenes gurrende Lachen, das an brütende Tauben erinnerte.

»Und danach werfen wir dieses hässliche Ding hier raus«, sagte sie und deutete auf das alte Büfett, das sie von Oma geerbt hatten. »Ich habe gehört, es gibt jetzt ganz neue Regale, mit Stangen, die werden nur an der Decke und am Boden befestigt. Außerdem überlege ich gerade, ob wir uns Opernkarten besorgen sollten. Für *Don Giovanni*, *Rheingold* oder *Tosca*, was meinst du?«

Lisanne grinste und schlenderte in die Küche. Sie band ihre langen blonden Haare zu einem Pferdeschwanz, zog eine Tiefkühlpizza aus dem Gefrierschrank und schob sie in den Ofen. Dann setzte sie sich an den Küchentisch und blickte aus dem Fenster.

Die neuen Vorhänge würden niemals ihren Weg in diese Wohnung finden, auch das Regal nicht, und die Opern würden wohl ohne sie stattfinden. An Schmetterlingstagen erlebte Lisannes Mutter die meisten Dinge bereits allein schon dadurch, dass sie sie plante und darüber redete. Eine praktische Sache, so musste sie keine ihrer Ideen in die Tat umsetzen. Für Lisanne war das natürlich ein bisschen schade, aber sie hatte sich längst daran gewöhnt.

Sie schlenderte ins Schlafzimmer, zog den alten Koffer von Oma unter dem Bett hervor und wischte den Staub ab. Dann schleifte sie das lederne Monstrum in ihr Zimmer, öffnete den Kleiderschrank und starrte auf die wenigen Blusen und Shirts, die auf den Bügeln hingen.

»Ich helfe dir beim Packen«, rief ihre Mutter jetzt, und Lisanne grinste, griff nach ihren beiden Jeans und dem schwarzen Rock, ein paar hellblauen Blusen und einem Stapel weißer T-Shirts. Dazu packte sie noch etwas Unterwäsche und eine dunkle Strickjacke ein. Das musste genügen, denn mehr besaß sie nicht. Auch der Waschbeutel füllte sich kaum, Zahnbürste und Zahnpasta, eine Creme und ihr geliebtes Duschgel, das nach Mango-Papaya roch.

Lisanne liebte die Schmetterlingstage ihrer Mutter, auch wenn sie wusste, dass es nur Vorboten waren. Anzeichen dafür, dass Frau Templer bald wieder in eine Depression fallen und sich unkonzentriert und lustlos um nichts mehr kümmern würde – am allerwenigsten um die eigenen Pläne. Denn auf die Schmetterlingstage folgten die schwierigen Tage, an denen sich ihre Mutter nur schlecht konzentrieren konnte und kaum ansprechbar war. Danach kamen die verheulten Tage, und die waren echt die Hölle. Unzählige Packungen Papiertaschentücher reichten nicht aus, um den Tränenfluss zu stoppen, der ihre Mutter einfach so überwältigte. Dann lag sie im Bett und war unfähig, sich um irgendetwas zu kümmern. Lisanne schmiss an solchen Tagen den Haushalt, ging zur Bank und hob Geld ab, kochte Mittagessen und beantwortete Telefonanrufe.

Aber all das würde bald vorbei sein, denn morgen kam ihre Mutter in eine Klinik, und dort würde man ihr helfen, das hoffte Lisanne zumindest. Sie seufzte leise und starrte aus dem Fenster. Ein knappes halbes Jahr sollte die Therapie dauern, und damit begann für sie selbst auch ein neuer Lebensabschnitt – in St. Quentin. Einem protzigen alten Kasten, in dem es jede Menge Kinder und Betreuer gab und man sich um sie kümmern würde, solange ihre Mutter nicht da war. Eigentlich hätte Lisanne auch alleine in der Wohnung bleiben können, sie erledigte ja jetzt schon alles selbstständig, aber das ging natürlich nicht.

Lisanne klappte den Deckel des Koffers zu und begann ihre Schulsachen zu packen. Sie würde für die Zeit in St. Quentin auch das Gymnasium wechseln, und da ihre Noten ziemlich gut waren, sah niemand darin ein größeres Problem.

»Mathe eins, Sport eins, Englisch eins«, trällerte sie, biss sich aber sofort auf die Lippen. Wenn sie klug war, behielt sie ihren Notendurchschnitt für sich, sonst würde sie es schwer haben in den nächsten Monaten. Streber waren selten beliebt, und Lisanne war nicht nur gut in der Schule, sondern auch sehr ordentlich, pünktlich und äußerst korrekt. Alles Eigenschaften, die einem wenige Sympathien einbrachten, besonders, wenn man neu war.

Die Katzenklappe in der Wohnungstür schepperte, und mit hocherhobenem Schwanz spazierte Herr August in die Wohnung, strich schnurrend um Lisannes Beine und schnüffelte an ihrem Koffer.

»Dich kann ich leider nicht mitnehmen«, murmelte Lisanne und drückte ihr Gesicht tief in sein dunkles Fell, »aber du kommst zu den Nachbarn.«

Lisanne war überzeugt, dass es Herrn August dort gut gehen würde. Er brauchte nur sein Futter und ein wenig Ansprache, denn er war ein äußerst genügsamer Kater. »Trotzdem werde ich dich vermissen«, wisperte Lisanne und drückte ihn. Herr August maunzte gequält, entwand sich blitzschnell dem zärtlichen Griff und sprang davon. Die Katzenklappe schepperte, und er war verschwunden.

»Und, bist du fertig?«, fragte Frau Templer und erschien im Türrahmen. Sie hatte ihre Haare hochgesteckt, trug einen leichten Sommermantel und hochhackige Pumps.

»Du gehst aus?«, fragte Lisanne erstaunt.

»*Wir* gehen aus, mein Schatz«, erwiderte ihre Mutter und lachte. »Es ist unser letzter gemeinsamer Abend, und ich werde heute mal über meinen Schatten springen. Erst Kino, dann Eisdiele und, wenn du möchtest, ein langer Spaziergang.«

Lisanne jubelte und fiel ihrer Mutter stürmisch um den Hals. Dann zog sie ihre Jacke an, griff nach ihrem Rucksack und überschlug das Bargeld im Portemonnaie. »Wir könnten uns vielleicht sogar noch einen Hamburger leisten«, sagte sie, und Frau Templer nickte.

Es wurde ein wirklich schöner Abend. An welchem George Clooney die Liebe seines Lebens fand, Frau Templer oft und herzlich lachte und Lisanne eng an ihre Mutter gekuschelt einfach nur hoffte, dass die Zeit für einen Moment stehen blieb und dieser Abend ewig dauerte. Am besten ein halbes Jahr, und wenn sie dann das Kino verließen, war ihre Mutter gesund, und sie konnten nach Hause gehen, aber das war natürlich Quatsch. Dennoch beschloss Lisanne, diese wunderbaren Stunden fest in ihrem Herzen einzuschließen, falls sie in der nächsten Zeit Kraft brauchte oder an etwas Schönes denken wollte. Und noch etwas beschloss sie in der Dunkelheit des kleinen Kinos: Sie würde Freunde finden in St. Quentin. Nette Mädchen, die cool waren, sie in ihrer Clique aufnahmen und mit denen sie nachts in ihrem Zimmer sitzen und quatschen konnte. Denn außer ihrer Mutter und Herrn August hatte sie kaum Freunde, und die beiden würden nun für lange Zeit unerreichbar sein.

Scheherazade und andere Geschichten

Rot wie glühende Kohle stand er am Himmel und wollte nicht gehen, obwohl es bereits taghell war. Frau Schilling lehnte am offenen Fenster und starrte den Mond an, an dem sich die Sonne vorbeischob, als wäre sie ein ungebetener Gast.

»Kein gutes Zeichen«, murmelte sie beunruhigt. Seit über fünfzehn Jahren leitete Frau Schilling nun das Waisenhaus von St. Quentin und stand jeden Morgen an diesem Fenster, aber solch einen seltsamen Tagesbeginn hatte sie noch nie erlebt. »Blutroter Mond am Morgen, saure Milch zu Mittag und am Abend eine tote Kuh«, wiederholte sie einen alten Spruch ihrer Großmutter, und auch wenn sie nicht abergläubisch war:

Solch ein Omen passte Frau Schilling überhaupt nicht. Nicht an einem Tag wie diesem, sie hatte in einigen Punkten sowieso ein seltsames, wenn nicht gar schlechtes Gefühl.

Der Mond leuchtete immer noch blutrot, als sich die Leiterin an ihren Schreibtisch setzte. Heute würde etwas passieren, dessen war sie sich sicher. Und weil sie eine vorausschauende Frau mit jeder Menge Gespür für die kleinen und großen Dinge war, sollte sie recht behalten. Es sollte sogar jede Menge passieren.

Wally erschien an diesem Morgen nicht zum Frühstück. In aller Frühe stand sie auf, duschte und schlüpfte in ihre Klamotten. Dann schnappte sie sich ihre Tasche und ging in Richtung Schule. Nicht auf direktem Weg, dann wäre sie in fünf Minuten da gewesen. Sie machte einen Schlenker über die Grabengasse, eine kleine Straße mit herrlich bunten Obstläden, türkischen Dönerbuden und persischen Teppichläden.

Hier öffneten die Geschäfte bereits bei Sonnenaufgang, die Händler kamen mit frischen Früchten und Gemüse vom Großmarkt, und der Geruch der Zitrusfrüchte vermengte sich mit den Abgasen von Motorrollern und Lieferwagen, aus den Bekleidungsläden strömte der Duft von Räucherstäbchen und Mottenkugeln. Es war eine seltsame Welt, in die Wally eintauchte und die sie an die Bilder bunter Basare in Marrakesch oder Tunis erinnerte, auch wenn sie die nur aus Büchern oder dem Fernsehen kannte.

»Guten Morgen, Wally«, rief Hakan, der Friseur, und trat vor die Tür seines Salons. Er war rundlich und stets gut gelaunt, hatte dunkle Haare, noch dunklere Augen und trug einen Bart. So einen richtigen, gezwirbelten, und auch wenn er nicht besonders lang war, verschaffte ihm ein gewisses Auftreten. »Gibt's Tee?«, fragte Wally und drückte sich an ihm vorbei in den Frisiersalon.

»Aber klar doch, und Kekse natürlich auch.« Das bekamen normalerweise alle Kunden von Hakan, aber Wally war keine Kundin, sondern einfach nur ein gern gesehener Gast.

»Wie geht's zu Hause?«, fragte sie, und Hakan erging sich in Aufzählungen von Kinderkrankheiten und Schulproblemen, die seine Frau und die Kinder meistern mussten. Wally biss auf ihrer Unterlippe herum, nippte am Tee und stellte ein paar abwesende Fragen, bis Hakans Redefluss plötzlich versiegte. »Du hörst ja gar nicht zu«, sagte er und stellte die Tasse ab. »Was ist los, hast du Probleme?«

Wally nickte, und dann sprudelte auch schon die ganze Geschichte aus ihr heraus, von Trischa Taler, dem Armband und der Betreuerin, die ständig nur darauf wartete, ihr eine Strafe aufbrummen zu können.

»Die Gefahr ist ja erst mal gebannt«, sagte Hakan und grinste so breit, dass sein Schnurrbart zitterte. »Das hast du doch prima hingekriegt.«

Wally zuckte mit den Schultern, und auf einmal war ihr zum Heulen zumute. Urplötzlich und einfach so. Hakan schenkte Tee nach und schwieg. Er wusste, was der Kleinen fehlte, sie brauchte Freunde. Die hatte sie nämlich nicht. Deshalb kam sie zum Frühstück bei ihm vorbei und träumte von fernen Orten wie London, in der Hoffnung, dort netten Menschen zu begegnen. Menschen, die ihre Freunde werden wollten. Offenbar gab es solche Menschen in St. Quentin nicht, oder Wally machte sich nicht die Mühe, nach ihnen zu suchen.

Hakan überlegte ein paar Minuten, dann fasste er einen Entschluss.

»Magst du Märchen?«, fragte er leise, und Wally zuckte mit den Schultern. »Ich meine nicht die normalen, sondern die besonderen, einzigartigen. Die, die das Leben verändern können.«

Für ein paar Sekunden schenkte Wally ihm ihre volle Aufmerksamkeit, und das nutzte Hakan schnell und geübt.

»Du kennst sicher die *Geschichten aus Tausendundeiner Nacht*«, begann er, »von Ali Baba, Sindbad, Aladin und wie sie alle heißen. Aber weißt du auch, wie diese Geschichten zustande kamen?«

Verwirrt schüttelte Wally den Kopf, ihr war nicht nach Märchen. Sie hatte Hakan aufgesucht, weil sie gehofft hatte, dass er ihr einen Rat geben, sie aufheitern oder mit ihr lachen könne. Dieser Themenwechsel verursachte ihr Kopfschmerzen und das dringende Gefühl, in die Schule zu müssen, außerdem hatte sie kaum Ahnung von Märchen. Als Kind waren ihr nur selten welche vorgelesen worden, und ihre Geschichten hatte sie sich selbst ausdenken müssen. Es waren mit der Zeit Hunderte geworden, und sie ähnelten sich alle in einem Punkt: Wally Vanderbeck war die Hauptfigur. Wenn in St. Quentin nachts die Lichter ausgingen und sich die Angst oder die Einsamkeit wie ein großer, hässlicher Krake in ihre Seele fraß, reiste Wally in fremde Welten. Als Spionin nach Kasachstan, als Filmdiva zum Sunset Boulevard in Hollywood oder als reiche Touristin an Bord einer Jacht nach Griechenland. Sie hatte schon den Eiffelturm bestiegen, im arktischen Schneeoverall den Südpol erforscht und mit einer neuen physikalischen Erfindung die Welt in Atem gehalten. Aber *Geschichten aus Tausendundeiner Nacht*? Die sagten ihr nicht viel.

Doch Hakan redete unbeirrt weiter. »Es gab da einen König, der von seiner Frau betrogen worden war. Jede Nacht musste nun eine Dienerin zu ihm kommen, die am nächsten Morgen getötet wurde. Eines Abends holte man Scheherazade, eine kluge und sehr gewiefte Frau. Sie erzählte dem König ein Märchen und brach kurz vor dem Ende ab. Der König konnte sie nicht töten, sonst hätte er das Ende nie erfahren. Also kam sie in der folgenden Nacht wieder, und das nächste Märchen endete ebenfalls kurz vor Schluss. Tausendundeine Nacht lang machte sie das so … das ist die Geschichte.«

Wally war nun ganz Ohr. »Und was ist mit ihr geschehen?«, fragte sie. »Nach der Tausendundeinen Nacht?«

»Das erzähle ich dir ein anderes Mal«, sagte Hakan und überlegte einen Moment. »Viel wichtiger ist jedoch, dass sie ihr Leben verändert hat durch diese Geschichten, findest du nicht?«

Doch, das fand Wally natürlich auch, und obwohl sie liebend gerne erfahren hätte, wie die ganze Sache ausgegangen war, musste sie Hakan recht geben. Diese Frau hatte sich mit ihren Geschichten gerettet, eine feine Sache und wirklich clever. »Warum erzählst du mir das?«, fragte sie.

Hakan zögerte. »Ein Stück Kulturgut, eine alte Erinnerung. Ich glaube einfach, dass man sich mit guten Geschichten retten kann. Wenn man mehr Feinde hat als Freunde, wenn es dunkel wird, obwohl die Sonne scheint …«

Hakan zog sein Schnäuztuch aus seiner Hosentasche und schnupfte hinein, wie immer, wenn ihn seine eigenen Erzählungen rührten.

Wally warf einen Blick auf die Uhr und sprang auf, nun musste sie aber wirklich los.

Sie umarmte ihren Freund und verließ schleunigst den Salon, in wenigen Minuten begann die Schule. Doch so schnell war sie leider nicht. In Gedanken versunken, bummelte sie durch die Grabengasse und dachte über diese Sheheradingsbums nach. Die Frau, die ihr Leben durch Geschichten verändert hatte. Seltsame, schöne, aber auch gruselige Geschichten, das Märchen von Ali Baba kannte sie, fiel ihr jetzt ein, ein Typ, der in der Höhle eingeschlossen war und das richtige Passwort zum

Öffnen der Tür vergessen hatte … Wally schüttelte sich und beschleunigte ihren Schritt. Warum Hakan ihr das wohl alles erzählt hatte? In ihrem Leben gab es keinen König, und ihr drohte auch nicht die Todesstrafe. Maximal eine Höchststrafe, und ob man Mona durch Märchen überzeugen konnte, blieb zweifelhaft. Dennoch hatte Wally das sichere Gefühl, diese Geschichte nicht grundlos erzählt bekommen zu haben – warum auch immer. Vielleicht, weil Hakan klug war und selten Dinge sagte, die keinen Sinn machten.

Lisanne hievte ihren Koffer aufs Bett und sah sich um: ein kleiner Raum mit Bett, Schrank und Schreibtisch aus hellem Kiefernholz, ihr neues Zuhause. Die wenigen Sachen waren schnell ausgepackt, und bis zum Abendessen blieb noch jede Menge Zeit. Also beschloss Lisanne, durch das Haus zu bummeln und sich einen ersten Eindruck zu verschaffen.

Früher war St. Quentin ein Kloster gewesen, dann wurde ein katholisches Waisenhaus daraus, und nun war es das Heim der Kinder- und Jugendfürsorge, das hatte Lisanne im Internet recherchiert. Einige Dinge erinnerten tatsächlich noch an die Zeit der Mönche: der Grundriss des Hauses in Form eines Kreuzgangs, die spitzgiebeligen Vorhallen und Treppentürme, die dicken Säulen und Büsten in den Fluren und eben die kleinen Zimmer, die ehemaligen Zellen der Mönche, die dafür sorgten, dass fast alle Kinder eines für sich allein hatten. Aber das war auch schon alles, der Rest des Heims wirkte modern und neuzeitlich, besonders die Hochbahn, die alle zehn Minuten an den Fenstern im zweiten Stock vorbeiratterte, dermaßen laut und pfeifend, dass die Wände wackelten. Lisanne mochte diesen

Lärm, es war hier ganz anders als zu Hause, wo man nichts hörte als den Wind in den Vorhängen.

»Hey, bist du die Neue?«, sagte da plötzlich jemand mit einer Stimme wie Knäckebrot.

Lisanne drehte sich um und blickte in die schwarz funkelnden Augen eines wirklich hübschen Jungen. Er stand neben zwei Mädchen, die eine blond, die andere dunkelhaarig, und beide lächelten herzlich.

Lisanne nickte schüchtern und wusste im ersten Moment gar nicht, was sie sagen sollte. Doch das schien niemanden zu stören.

»Komm doch mit in den Garten«, sagte der Junge. »Das Wetter ist zu schön, um hier drin zu versauern.«

Und die Mädchen nickten begeistert, hakten die Neue unter und schleiften sie in den Sommertag hinaus. Lisannes Herz ging auf. Von solch einem wundervollen Empfang hatte sie nicht mal zu träumen gewagt. Drei Kinder, die sich offenbar gut verstanden, sprachen sie an, und das gleich am ersten Tag. Sie hätte jubeln können vor Freude, aber natürlich riss sie sich zusammen, verschenkte ein vorsichtiges Lächeln und nickte ein paarmal an den richtigen Stellen.

Wenig später saß sie zwischen den anderen im Garten und war in ein angeregtes Gespräch vertieft. Das sich zwar meist um Mode, Boygroups und coole Sänger drehte (alles Dinge, von denen sie nicht allzu viel verstand), doch das war zweitrangig. Lisanne war angekommen und freundlich aufgenommen worden, das allein zählte.

In der nächsten halben Stunde erfuhr sie dann alles über St. Quentin und seine Betreuer, aber auch über die Kinder und Jugendlichen, die hier lebten. Jede Menge Witziges, doch leider auch Bedenkliches, Dinge, mit denen sie nie zuvor in Berührung gekommen war. Einige Kinder schienen zu lügen, dass sich die Balken bogen, andere betrogen, und wiederum andere stahlen, wie ein Mädchen, das sich erst gestern das Armband einer Betreuerin unter den Nagel gerissen hatte.

»Zum Glück haben wir sie erwischt«, sagte das blonde Mädchen und lächelte. Und Lisanne lächelte auch, ihre neuen Freunde waren offenbar ehrlich, und sie war froh, an die Richtigen geraten zu sein.

Ihre Mutter hätte vermutlich die Hände über dem Kopf zusammengeschlagen, wenn sie all die Geschichten über St. Quentin gehört hätte, und Lisanne kämpfte mit einem kurzen Anflug von Traurigkeit. Ihre Mutter war nun weit weg, Herr August fraß sich bei den Nachbarn durch, und sie selbst hatte keine andere Wahl, sie musste nach vorne schauen. Zum Glück hatte sie schnell Freunde gefunden. Malle, Trischa und Nuriel hießen sie, und Lisanne dankte den Göttern, dass ihr Wunsch nach netter Gesellschaft so schnell in Erfüllung gegangen war.

Wie fast jeden Abend wartete Jakob darauf, dass es im Haus still wurde, dann schlich er über den Flur in eines der Treppenhäuser und stieg hinauf unters Dach. Im dritten Stock gab es eine kleine Tür, und die führte direkt auf den Speicher.

Der Speicher von St. Quentin, das war ein riesiger Raum mit gewaltig viel Platz. Generationen von Heimleitern hatten hier das alte Zeug ihrer Vorgänger verstaut, ob das nun marmorne Engel, alte Schreibmaschinen, Schränke oder liegen gebliebene Koffer waren, hier oben gab es einfach alles. Jakob drückte auf den Lichtschalter, und zwei Glühbirnen flackerten auf, an langen Kabeln hingen sie von einem Dachbalken herunter und wirkten in dem ganzen Durcheinander so verloren wie einsame Spinnen an ihren Fäden. Viel Licht gaben sie nicht, aber es genügte, um sich einen Weg durch das Chaos zu bahnen und nicht über Kinderwagen, Spielsachen und bemalte Kaufmannsläden zu fallen.

In mühevoller Kleinarbeit hatte sich Jakob einen schmalen Pfad und ein paar Quadratmeter frei geräumt, und zwar genau unter der Dachluke. So konnte er ans Fenster treten und über die Dächer von St. Quentin schauen, nachts, wenn das Lichtermeer der Stadt süße Träume versprach. Wenn er den Kopf in den Nacken legte, guckte er direkt in den Himmel, sah Mond und Sterne und das schwarzblaue Dunkel der Nacht. Meistens jedoch stand er an der Staffelei, die er ebenfalls hier oben gefunden hatte, und malte. Wilde Bilder in bunten Farben, Onkel Achim in Grün und Zinnoberrot, die Fassade von St. Quentin in grellem Pink oder sich selbst in Ocker-Olive. Er malte aber auch Landschaften, felsige Bergmassive, Schneewüsten und Weltmeere, Wirbelstürme und Sonnenexplosionen. Alles, was gerade durch seinen Kopf spukte, und das war jede Menge.

»Na endlich«, begrüßte ihn ein zaghaftes Stimmchen.

»Wir dachten, du kommst gar nicht mehr«, sagte ein anderes.

Unter dem riesigen alten Schreibtisch, auf dem Jakob seine Farbtuben platziert hatte, tauchten die Köpfe von Robin und Sina auf, einem siebenjährigen Zwillingspärchen.

»Mensch, ihr gehört ins Bett«, brummte Jakob, doch insgeheim freute er sich, dass die beiden auf ihn warteten, es waren schließlich seine einzigen Freunde hier im Haus.

»Wir gucken dir noch bei *einem* Bild zu«, sagte Robin.

»Und dann gehen wir«, erklärte Sina. Ganz ernst und feierlich.

Jakob grinste, stellte eine neu bespannte Leinwand auf die Staffelei, öffnete die Farbtuben und prüfte die Pinsel. Tunkte sie in die Farben und warf riesige Kleckse aufs Bild, dicke aquamarinblaue Punkte, die in seltsamen Bahnen verliefen und in Tropfen auf den Boden klatschten.

»Was wird das?«, fragte Robin, und seine neugierigen Augen unter den roten Haaren blitzten vor Aufregung.

»Das Weltall«, erklärte Jakob, »eine Sonde auf dem Weg zum Mars. Vielleicht aber auch nur eine Wiese mit bunten Blumen, das weiß ich noch nicht.«

Sina kicherte, sie hatte die gleichen roten Locken wie ihr Bruder, ähnlich viele Sommersprossen und einen zur Hälfte abgeschlagenen Schneidezahn, was süß aussah. Jakob holte den beiden eine Decke, und sie kuschelten sich ein, dann versank er in der Welt seiner Bilder. Wenn er malte, vergaß er alles um sich herum, tauchte in die Farben und Formen und sprang in eine andere Dimension. Seine Bilder erzählten Geschichten, und er war mittendrin. Im Aquamarinblau der Farbkleckse, durch das er sich treiben ließ wie ein Fisch im Wasser, der den Schlieren und Strichen folgte. Abtauchte in dunkle Tiefen. Schwarz, ja, das war gut. Mit ein paar hellen Nuancen, eine Strömung, die ihn an die Oberfläche trieb, vorbei am giftgrünen Atlantis, der versunkenen Stadt. Mit schnellen Strichen malte er alte Ruinen in seltsam hellem Licht, versunkene Bauwerke, verfallen und vergessen, von niemandem entdeckt außer von ihm, Jakob Parker. Korallenbänke in feinem Lila, fensterfarben und fast durchsichtig. Moosgrüne Algenablagerungen, und über allem ein sonniges Blitzen, hier lag die Hoffnung, das war die ewige Stadt. Unter Wasser und schön wie die Nacht.

Mit Schweiß auf der Stirn arbeitete sich Jakob durch seine Geschichte, tunkte immer schneller die Pinsel in die Farben, ließ seinen Strich immer ruheloser wandern. Wischte ein bisschen Farbe weg, probierte andere Pinsel und nahm schließlich die Finger. Er musste diese Stadt berühren, wollte ein Teil von ihr sein, in dem Wasser versinken, das sie umgab. Zwischen diesen Säulen nach Luft schnappen und sich in dem hellen, zuversichtlichen Licht so lautlos bewegen wie ein Fisch, ein Oktopus oder eine weiche, anschmiegsame Alge.

Nachtgeflüster

Es war mitten in der Nacht, als Wally aufschreckte. Vielleicht hatte sie etwas gehört oder schlecht geträumt, vielleicht aber auch nur vergessen, die Zähne zu putzen. Das passierte manchmal, und dann wachte sie auf und konnte nicht mehr einschlafen. Wally trat ans Waschbecken und steckte sich die Zahnbürste in den Mund, ging ans Fenster und warf einen Blick hinaus in die Nacht. Ihr Zimmer lag im dritten Stock mit Aussicht zum Innenhof, und sie konnte sogar noch ein wenig über die Dächer sehen, die Spitzen der anderen Häuser erkennen, die wie Hüte in den Himmel stachen.

In St. Quentin schlief man den Schlaf der Gerechten, dunkel glänzten die Fenster im Mondlicht, und selbst die Erwachsenen waren längst schon zu Bett gegangen.

Wally wollte gerade zurück zum Waschbecken, als sie stutzte. Nein, nicht alle schliefen. Irgendwo weit oben brannte noch Licht, ein mattes Leuchten wie von einer einsamen Glühbirne drang aus einem Fenster. Wally kniff die Augen zusammen und zählte die Fensterreihen. Das Licht kam aus dem vierten Stock, aber den gab es eigentlich gar nicht, also kam es von irgendwo unter dem Dach.

Nachdenklich spülte Wally ihren Mund aus, spuckte das Wasser ins Waschbecken und ging zu Bett. Doch das einsame Licht ließ ihr keine Ruhe, leuchtete wie ein Versprechen durch die Nacht und bis in ihr Zimmer. Es war wirklich schon spät, als Wally schließlich aufstand, in ihre Klamotten schlüpfte und sich auf den Weg machte.

Sie schlich hinüber in den Seitenflügel, wanderte über die stillen Flure und probierte ein paar kleinere Treppenhäuser aus, doch keines führte weiter hinauf als in den dritten Stock. Nun öffnete Wally Türen zu Abstellräumen und Besenkammern, guckte hinter Vorhänge und Säulen und fand schließlich, wonach sie suchte: ein kleines, hölzernes Gatter, hinter dem eine Wendeltreppe nach oben führte, eine Himmelsleiter in den vierten Stock, unters Dach oder wohin auch immer.

Vor Aufregung stieß Wally gegen einen Mülleimer, scheppernd kippte er zur Seite. Hoffentlich war niemand wach geworden, betete Wally. Aber alles blieb ruhig, als sie sich jetzt Stufe um Stufe durch die Dunkelheit nach oben unters Dach kämpfte. Endlich stand sie vor einer Tür, unter der ein heller Schimmer hervorkroch.

Sie hatte es gefunden, das seltsame Licht.

Vorsichtig drückte sie die Klinke hinunter, wagte einen Blick und hielt vor Überraschung den Atem an. Solch ein Durcheinander hatte sie nicht mehr gesehen, seit vor drei Jahren ein Unwetter über den Marktplatz gleich bei Hakans Friseursalon gefegt war. Im vierten Stock von St. Quentin lagerte Gerümpel. Alte Statuen, Möbel, Kinderwagen und Regale. Da gab es Schrankkoffer, Truhen und Kisten, Schulpulte und Kirchenbänke. Von der Decke baumelten zwei einsame Glühbirnen, und inmitten dieses Kuddelmuddels lagen Robin und Sina auf einer Decke und schliefen. Neben ihnen stand Jakob und schmierte Farbe auf eine Leinwand.

»Was ist denn hier los?«, platzte es aus Wally heraus.

Die Zwillinge schraken jäh aus ihrem Schlaf hoch, Jakob fuhr wie von der Tarantel gestochen herum und starrte sie an, nicht besonders einladend und schon gar nicht freundlich.

Wally spürte sofort, dass sie einen Fehler gemacht hatte. Sie war der Eindringling, nicht die anderen.

»Sorry«, sagte sie leise, »aber ich kann nicht schlafen und würde mich gerne dazusetzen. Darf ich?«

Jakob zögerte, der Schreck saß ihm in allen Gliedern. Seit Wochen war das hier sein geheimster Platz, von dem nur die Zwillinge wussten. Und mit einem Schlag war das vorbei, sein Versteck war aufgeflogen, das Atelier mit der Dachluke entzaubert und der Öffentlichkeit preisgegeben.

»Keine Sorge, ich verrate nichts«, sagte Wally. Offenbar konnte sie Gedanken lesen. »Weder dich noch diesen Platz hier. Ich kann auch wieder gehen ...«

Jakob kämpfte mit sich, einen harten, aber schnellen Kampf. Er wollte sein Versteck nicht verlieren, aber dieses Mädchen war anders als die anderen Kinder in St. Quentin. Sie lebte schon immer hier, war bei niemandem sehr beliebt und biederte sich dennoch nirgendwo an. Sie roch nach Gischt und Meer, und was sie sagte, klang auch sehr nett.

»Ich glaube, du kannst bleiben«, sagte er vorsichtig, und über Wallys Gesicht rutschte ein zaghaftes Lächeln, als sie sich zu den Zwillingen auf die Decke setzte.

»Erzählst du uns eine Geschichte oder ein Märchen?«, fragte

Robin und guckte sie mit erwartungsvollen Augen an. Sina nickte begeistert.

»Das stört vielleicht beim Malen«, erwiderte Wally vorsichtig. Sie kannte so gut wie keine Märchen, und sie zu erzählen war doppelt schwierig. Doch für Jakob schien das kein Problem. »Das geht schon in Ordnung«, sagte er, tunkte seinen Zeigefinger in helles Ocker und tauchte wieder in die Welt seiner Farben, als hätte er im gleichen Moment vergessen, dass er nicht alleine war und gerade eben Besuch aufgetaucht war.

Unweigerlich musste Wally an Sheheradingsbums denken und daran, dass sie ebenfalls nachts Märchen erzählt hatte, wenn auch aus einem anderen Grund.

»Ich probier's«, sagte sie leise. »Was wollt ihr hören? Ich könnte etwas über Ali Baba …« Doch weiter kam sie nicht.

»Ich will ein Märchen zu Jakobs Bild«, sagte Robin, und Sina kicherte. »Genau, wir wollen wissen, was da passiert.«

Wally lächelte, das war eine seltsame, aber schöne Idee. Sie konzentrierte sich auf die Leinwand, versenkte sich in Jakobs Welt der Farben, blickte auf das Aquamarinblau des Meeres, die grünlich leuchtenden Säulen der versunkenen Stadt. In den verwackelten Strichen erkannte sie Meerjungfrauen und Wassermänner, roch die Algen, schmeckte das Salz des Meeres und ahnte den aufkommenden Sturm. Das Wasser war unruhig, selbst in diesen Tiefen, und der Boden schlammig aufgewühlt.

»Es war einmal ein König, dessen Reich tief unterhalb des Meeresspiegels lag«, sagte sie mit leiser Stimme, und auf dem Speicher von St. Quentin breitete sich eine tiefe Ruhe aus, als Wally zu erzählen begann.

Lisanne träumte einen wundervollen Traum. Sie ritt auf einem schimmernd weißen Pferd über eine Wiese mit Klee, der Himmel leuchtete im Abendrot, und sie spürte den Wind in ihren Haaren, hörte das Lachen ihrer Mutter, als es plötzlich irgendwo schepperte. Jäh aus dem Schlaf gerissen, schrak sie auf. Wie ärgerlich, denn der erste Traum in einer neuen Umgebung glich einer Vorhersage, erklärte, wie das Leben in nächster Zeit verlief. Leider würde sie das nun nicht erfahren, weil das Ende fehlte, so ein Mist!

Ein seltsames Geräusch hatte sie geweckt, ein Rumpeln vor ihrem Zimmer. Lisanne schwang sich aus dem Bett, schlich zur Tür und warf einen Blick auf den Flur. Der Mülleimer war umgestoßen. Milchtüten, Apfelbutzen und zerknülltes Papier kullerten über den Boden, vermutlich das Versehen eines einsamen Nachtschwärmers.

Lisanne wollte schon ins Bett zurückkehren, als sie den Nachtschwärmer entdeckte: ein Mädchen, das sich den Flur entlangtastete und plötzlich in der Wand verschwand.

Lisanne war zwar nicht besonders mutig, aber heute war ihr erster Tag in St. Quentin, und an diesem einen Tag hatte sie bereits mehr erlebt als im gesamten letzten Jahr. Und das durfte auch gerne so bleiben, selbst wenn sie dafür auf nächtliche Erkundungstour gehen musste. Schnell schlüpfte sie in ihre Hausschuhe, zog sich ihre Strickjacke über, lief den Flur hinunter, und nach wenigen Minuten hatte sie gefunden, was sie suchte: eine kleine Wendeltreppe hinter einem hölzernen Gatter, die steil nach oben führte.

Sie hörte Stimmen und folgte den Stufen bis vor eine Tür. Die war nur angelehnt, und es wäre ein Leichtes gewesen, sie zu öffnen und Hallo zu sagen, doch hier verließ Lisanne der Mut, an der letzten Stufe der Wendeltreppe war er aufgebraucht. Hinter der Tür waren ein paar Kinder, das war deutlich zu hören, und eines davon erzählte gerade eine Geschichte, es klang wie ein Märchen. Eigentlich, dachte Lisanne plötzlich, musste sie gar nicht eintreten oder Hallo sagen. Sie konnte einfach hier sitzen bleiben, sich eine Gutenachtgeschichte anhören und schließlich unbemerkt zurück in ihr Bett gehen.

Sie zog ihre Hausschuhe aus und setzte sich darauf, die warmen Schuhe schützten vor der Kälte des alten Gesteins. Dann lehnte sie ihren Kopf gegen den Türrahmen und lauschte.

»In diesem versunkenen Reich lebte Neptun, der Gott der Meere«, erzählte Wally, während Robin und Sina sich an sie kuschelten, »und mit ihm sein gesamter Hofstaat. Nixen, Wassermänner, Meerelfen und Windgeister. Neptun hasste Menschen, und wenn sie ihm zu nahe kamen, fand er Mittel und Wege, sie zu vertreiben.

Eines Tages machte sich eine kleine Jacht auf den Weg übers Meer, und wie der Zufall es wollte, geriet das Boot in Neptuns Gebiet. In die Nähe jener versunkenen Stadt, die nie jemand gefunden hatte oder finden sollte. An Bord waren zwei Touristen auf Urlaubsreise. Sie hatten weder böse Absichten noch die geringste Ahnung, wo sie sich befanden, aber das war Neptun egal. Er schickte die Windgeister los, grausame kleine Wesen, die ihre Backen aufblähten und einen Sturm bliesen, der mit hundert Stundenkilometern übers Meer raste.

Die Touristen wurden von dem Sturm überrascht.

›Das Großsegel muss runter‹, brüllte der Tourist, klinkte den

Sicherheitshaken ein und kletterte auf das vordere Deck. Der Mann staunte, wie unruhig der Seegang innerhalb kürzester Zeit geworden war, die Wellenkämme zerstoben bereits zu Dunstwolken, eine gefährliche Gischt, in der bald Sicht und Atmung behindert würden. Er griff nach der Axt, hieb das Seil durch, und das Segel krachte mit einem gewaltigen Donnern auf das Deck. Dann warf er den Motor an.

Seine Frau stand am Ruder, doch die Wellen erreichten ungeahnte Höhen, mit Wucht knallten sie gegen das Boot. ›Das Ruder bricht‹, brüllte die Frau in den Wind, doch der Sturm riss ihre Worte fort und trug sie fort. Führungslos schlingerte das Boot übers Meer, geriet in eine Strömung und trieb hinaus, weg vom Land und dem rettenden Ufer, immer weiter aufs Meer hinaus.

Der Mann glaubte nicht an Schicksal oder Bestimmung, für ihn gab es nur Glück oder Unglück. Dennoch ertappte er sich dabei, wie er Neptun um Hilfe anflehte, den Gott der Meere.

Neptun saß auf den Stufen seines Palastes, als er das Flehen hörte, und es rührte ihn, dass der Mann wusste, wem er das Unwetter zu verdanken hatte. Er bekam Mitleid mit den Seglern, rief seine Windgeister zurück und zog das Boot in seichtere Gewässer. Die Touristen waren völlig erschöpft, als die Jacht auf eine Sandbank lief und sich dort festkeilte. Nach zwei Tagen konnten sie gerettet werden, und niemand außer ihnen ahnte, dass Neptun seine Hände im Spiel gehabt hatte.«

Wally schwieg. Himmel, was für eine schlimme Geschichte, dachte sie.

Doch die Kleinen sahen das offenbar anders. »Coole Story«, sagte Robin, Sinas Augen leuchteten, und auch Jakob hatte längst aufgehört zu malen. Er saß auf einem alten Hocker, hielt die Augen geschlossen und lächelte. Auch Lisanne lächelte, draußen vor der Tür. Schnell zog sie ihre Hausschuhe an und machte sich auf leisen Sohlen auf den Weg zurück zu ihrem Bett.

Noch wusste niemand, was am nächsten Morgen in den Zeitungen stehen sollte: »Vermisstes Touristenpärchen endlich gefunden«, würden die Schlagzeilen lauten. »Nach Ruderbruch mit der Jacht auf Sandbank gelaufen, Rettung gelungen.« Aber wie gesagt, das konnte in dieser Nacht natürlich keiner ahnen. Und schon gar nicht die Kinder, die sich eigentlich wie zufällig auf dem Speicher getroffen hatten.

Wenn Geschichten wahr werden

Lisanne stolperte als Erste über die Zeitungsmeldung. Sie war zu Fuß unterwegs zu ihrer neuen Schule. Der Weg war kurz, und von St. Quentin aus konnte man die Schule gar nicht verfehlen. Natürlich war sie früh dran, Unpünktlichkeit lag ihr nun mal nicht.

»Vermisstes Touristenpärchen endlich gefunden«, verkündeten die Tageszeitungen, die am Kiosk im Ständer hingen. Lisanne schmunzelte, das erinnerte sie an die Geschichte von gestern Nacht. Ein zweiter Blick auf die Zeitungen genügte ihr, um die Sache in ihrer ganzen Tragweite zu begreifen: Es war die Geschichte von gestern Nacht. Lisanne traute ihren Augen kaum und kramte einen Euro aus der Tasche.

»Wann wurde diese Zeitung gedruckt?«, fragte sie den Verkäufer, einen älteren Herrn mit grauen Haaren.

»Irgendwann in den letzten zwölf Stunden«, erwiderte der Kioskbesitzer und tippte auf die Schlagzeile. »Super, was?«

Lisanne nickte, schnappte sich die Zeitung, ließ sich auf eine Parkbank fallen und studierte den Artikel, Zeile für Zeile. Die Geschichte kannte sie, bis ins Detail. Natürlich kamen darin weder Neptun noch die Windgeister vor, auch nicht das versunkene Reich des Meeresgottes oder sonstiger Klimbim. Doch die Erlebnisse der Touristen, die mit ihrem Boot aufs Meer getrieben waren, glichen haargenau der Erzählung, die sie letzte Nacht gehört hatte. Der Erzählung von jenem unbekannten Mädchen.

»Unwetter, Funk ausgefallen und Ruderbruch«, murmelte Lisanne. »Auf eine Sandbank gelaufen und nach zwei Tagen gerettet.« Das war unmöglich, Lisanne schüttelte den Kopf und überlegte. Von ihrer Mutter kannte sie Geschichten, die niemals wahr wurden. Erzählungen an Schmetterlingstagen, die nichts weiter waren als Hirngespinste und Fantasien und deren Erfüllung in unerreichbarer Ferne lagen. Aber nun hatte sie zum ersten Mal in ihrem Leben eine Geschichte gehört, die genau zur gleichen Zeit wahr geworden war. Und das anscheinend einfach so – ohne dass jemand etwas dazu getan hatte. Das gab es doch gar nicht, das konnte nicht sein!

Lisanne versuchte, sich einen Reim auf die Geschehnisse zu machen, und da sie ein sehr penibler und genauer Mensch war, ging sie zurück zum Kiosk und fragte ein zweites Mal. Wann die Rettung der Touristen wohl erfolgt und an die Öffentlichkeit gelangt war.

»In den Abendzeitungen stand jedenfalls noch nichts davon«, erklärte der Kioskbesitzer und betrachtete Lisanne mit Interesse. »Aber ist denn das so wichtig? Gerettet ist gerettet.«

Lisanne nickte und machte sich auf den Weg zur Schule, doch die ganze Sache ging ihr nicht aus dem Kopf. Nun ärgerte es sie, dass sie nicht im Entferntesten wusste, wer sich da auf dem Speicher unterhalten hatte. Hätte sie doch nur die Tür aufgemacht, sich vorgestellt und dazugesetzt. Noch einmal schweiften ihre Gedanken ab, beschäftigten sich mit ihrer Mutter und der Frage, ob nicht vielleicht auch die Dinge, die ihre Mutter erzählte, wahr wurden. Nicht in der eigenen Wohnung, sondern irgendwo anders auf der Welt. »Jetzt spinnst du aber komplett«, schimpfte Lisanne sich selbst, schüttelte den Kopf und stieg die Stufen zu ihrer neuen Schule hinauf.

Die neue Klassenlehrerin war nett, eine mollige Blonde mit herzlichem Lächeln. »Ganz hinten ist noch ein Tisch frei«, erklärte sie, und Lisanne machte sich auf den Weg durch die Klasse, erwiderte neugierige Blicke und lächelte. Ließ sich aufatmend in die letzte Bank fallen und den Unterricht des gesamten Tages an sich vorbeiziehen. Mathe, Englisch, engagierte Lehrer und trübe Tassen, Blicke der anderen und Getuschel, Deutsch, Erdkunde, alles rauschte an ihr vorüber, ihre Gedanken waren einzig bei dem Zeitungsartikel. Davon musste sie gleich heute Nachmittag ihren neuen Freunden erzählen, die würden Augen machen. Ein bisschen schade, dass keiner von ihnen hier in dieser Klasse war. Aber das hatte Lisanne sich schon gedacht, sie wirkten etwas älter als sie selbst, und ob überhaupt jemand von St. Quentin hier war …

»Das Triumvirat von Rom, was versteht man darunter?«, fragte der Geschichtslehrer und riss mit seiner gefährlich lauernden Frage die ganze Klasse aus ihren Träumen. Glücklicherweise meldete sich ein Mädchen aus der ersten Reihe. Sie hatte wirre dunkelblonde Locken und äußerst viele Sommersprossen. »Das waren Cäsar, Pompejus und Augustus«, sagte das Mädchen, und es klang, als würde sie sagen »Nixen, Wassermänner und Windgeister«.

Lisanne zuckte zusammen, diese Stimme kannte sie, sanft

und melodiös zerlief sie wie Honig auf einem Quarkbrot. Nein, es gab keinen Zweifel, heute Nacht erst hatte Lisanne dieser Stimme gelauscht, und das dort vorne war dann wohl das seltsame Mädchen, das besser informiert schien als jede Zeitung. Ein Kribbeln durchfuhr Lisanne. Welch unverschämtes Glück sie doch hatte! Das Mädchen war der Schlüssel zu jenem merkwürdigen Geheimnis, und sie, Lisanne, hatte ihn gefunden.

Jakob saß im Speisesaal von St. Quentin, einem herrlichen alten Gewölbe mit Säulen und Bögen, hohen Fenstern und langen, dunklen Tischen und Bänken in seiner Mitte. Vor ihm lagen ein Paar Würstchen mit Kartoffelbrei und eine aufgeschlagene Zeitung, und es war unschwer zu erkennen, was Jakob mehr interessierte. Und das, obwohl die Würstchen dufteten und der Kartoffelbrei wohl der leckerste in der ganzen Stadt war. Mit aufgerissenen Augen starrte Jakob auf die Schlagzeile, dann las er die Meldung dazu, Zeile für Zeile, und man hätte fast meinen können, er krieche in den Text hinein, verschlinge heute die Zeitung zu Mittag und nicht den Kartoffelbrei.

Als er damit fertig war, stützte er den Kopf in die Hände und dachte nach. Gestern Abend hatte Wally eine Geschichte erzählt, inspiriert von seinem Bild, dem Blau des Wassers und den grünlich leuchtenden Säulen von Atlantis. Angeregt von seinen wilden, unruhigen Strichen, hatte sie ein Märchen von zwei Touristen erfunden, die im Sturm Ruderbruch erlitten und auf eine Sandbank getrieben wurden. Und heute Morgen stand die ganze seltsame Geschichte plötzlich in der Zeitung.

Wie konnte das sein? Ein schwarzmagisches Märchen, das Wirklichkeit geworden war? Jakob schüttelte den Kopf und starrte aus dem Fenster. Nein, so etwas hatte er noch nie gehört. Er kannte Geschichten von Kindern, die in den Text hineingezogen wurden und plötzlich selbst erlebten, was sie gerade eben noch gelesen hatten. Bastian Balthasar Bux in der *Unendlichen Geschichte* zum Beispiel. Oder Märchen, in denen Personen heraus- oder hineingelesen wurden, wie in *Tintenherz*. Aber immer hatten diese Dinge mit Büchern zu tun und mit den Kindern, die darin lasen. Dann gab es noch Erzählungen von seltsamen Träumen, jahrelang gehegten Fantasien und unerreichten Wünschen, doch eine Sache blieb stets gleich: Die Kinder waren selbst Teil des Ganzen und erlebten am eigenen Leib, was sie nur geträumt, vergessen oder halluziniert hatten.

Doch in diesem Fall war das anders. Wally hatte eine Geschichte erzählt, die nichts mit ihr, ihm oder Robin und Sina zu tun hatte, und irgendwo auf dieser Welt war die Geschichte wahr geworden. In der gleichen Nacht und Hunderte von Kilometern entfernt. Und es war eine gute Geschichte, mit einem Happy End, also nichts Schwarzmagisches, das einem Angst machen musste.

Dennoch war Jakob beunruhigt, spielte geistesabwesend mit seinem Besteck, starrte weiter aus dem Fenster und begann schließlich doch noch zu essen. Für einen kurzen Moment dachte er an seine Eltern, an den Abendbrottisch, an dem sie immer gesessen und ihre Geschichten erzählt hatten, von den Erlebnissen in ihrer Rechtsanwaltskanzlei, den Entwicklungen in einem Fall oder der Frage, warum bestimmte Menschen Einbrüche begingen, Geld unterschlugen oder Menschen betrogen. Das waren alles Ereignisse gewesen, die längst passiert waren und im Nachhinein in langen Diskussionen aufgerollt wurden.

Ganz anders waren die Erzählungen von Onkel Achim: Wenn sie mit der U-Bahn fuhren, ließ er sich von seinen Eindrücken inspirieren, dachte sich etwas Unglaubliches aus und spann Seemannsgarn.

Jakob hatte also die Erfahrung gemacht, dass Dinge, die in Geschichten vorkamen, entweder längst vorbei waren oder definitiv nie passieren würden. Doch mit Wallys Erzählung war das anders, völlig anders sogar.

Wally saß auf einem der wackeligen Plastikstühle, blätterte in Zeitschriften und unterhielt sich. Mit Hakan, den Kunden in ihren Frisierstühlen oder den wartenden, die neben ihr Platz nahmen.

»Du hast also gestern Nacht eine Geschichte erzählt, die heute Morgen in der Zeitung steht?«, fragte Hakan und fuhr mit einem schmalen Kamm durch die Haare einer Kundin. Die Schere wurde angesetzt, und in dicken Büscheln fielen die wundervoll blonden Haare auf den dunklen Linoleumboden.

»Ich finde das ziemlich faszinierend«, sagte die Kundin, und es war klar, dass sie damit nicht den Verlust ihrer Haare, sondern Wally und ihre Geschichte meinte.

»Ach, so etwas kann schon mal vorkommen«, meinte Hakan, wobei sein Blick konzentriert auf den Kopf der Kundin gerichtet blieb. Nun war er völlig bei der Sache, und nichts konnte ihn mehr stören.

Wally legte die Zeitungen beiseite, schenkte sich noch eine Tasse Tee ein und nickte. »Das denke ich auch. Witzig finde ich nur, dass es mein erstes Märchen war, also … ich habe zum ersten Mal etwas erzählt. Und dann passiert es auch noch.«

Nun hatte auch die ältere Dame unter der Trockenhaube mitbekommen, dass im Frisiersalon eine spannende Unterhaltung lief, sie krempelte die Plastikhaube über beide Ohren und versuchte angestrengt, dem Gespräch zu folgen.

»Ein bisschen kam ich mir vor wie Schehera…, die Dienerin des Königs«, sagte Wally und lächelte verschmitzt.

Hakan nahm ein paar Klemmen zwischen die Zähne und steckte einzelne Haarsträhnen fest. »Du meinst wohl Scheherazade«, sagte die Kundin und lächelte. »Aber ihre Geschichten wurden doch nicht wahr, oder? Das wäre mir neu.«

Und so entspann sich an diesem Nachmittag im Frisiersalon von Hakan ein wundervolles Gespräch über Märchen, Mythen und Sagen aus aller Welt. Übereinstimmend kamen die Anwesenden zu dem Schluss, dass Märchen nicht wahr wurden, ganz egal, welche Zeitung was berichtet hatte. Denn in der Natur eines jeden Märchens lag das Ausgedachte. Die Unwirklichkeit, die Erfindung. Übereinstimmungen mit der Wirklichkeit gab es nicht, und kamen sie dennoch vor, waren das Zufälle. Seltsame, aber durchaus mögliche Zufälle.

»Das mag ja sein«, sagte da plötzlich eine fremde Gestalt. Sie stand auf der Schwelle zu Hakans Salon, und das gleißende Licht der hereinflutenden Sonne ließ im ersten Moment nur einen dunklen Umriss erkennen. Ein Mädchen, so schien es, kaum älter als Wally, mit langen blonden Haaren. »Dennoch habe ich kaum etwas Gruseligeres erlebt als letzte Nacht.«

Sie ging zu Wally hinüber, setzte sich neben sie, presste die Knie zusammen und faltete die Hände über ihrem Rock.

Du meine Güte, dachte Wally, fehlt nur noch, dass sie anfängt zu beten. Oder zu heulen.

Aber das Mädchen schien recht selbstbewusst, lächelte in die Runde und war auch sonst wenig schüchtern.

War das nicht die Neue aus ihrer Klasse? Wally hatte heute Vormittag kaum einen Blick an sie verschwendet, aber jetzt meinte sie sich zu erinnern, dass sie das Mädchen schon gesehen hatte, und was hatte sie eben gesagt? Ich habe kaum etwas Gruseligeres erlebt als letzte Nacht? Wally stockte der Atem. Das seltsame Mädchen meinte doch hoffentlich nicht ihre Geschichte. Nein, das konnte nicht sein, sie war ja schließlich nicht dabei gewesen.

»Ich war auf dem Flur, oben an der Treppe, und habe alles mit angehört«, erklärte das Mädchen prompt und streckte Wally ihre Hand hin. »Ich heiße Lisanne. Lisanne Templer.«

Wally ließ sich nichts anmerken, doch ihre Gedanken fuhren Achterbahn. Was für eine Katastrophe! Jakobs Versteck war aufgeflogen, und alleine dafür würde Jakob sie umbringen, vierteilen oder den Schweinen im Hof zum Fraß vorwerfen. Und dann hatte diese Trulla auch noch zugehört und vermutlich heute Morgen den Zeitungsartikel entdeckt …

»Es gibt eine fantastische Möglichkeit, zu überprüfen, ob das alles wirklich nur Zufall war«, fuhr die Trulla fort, und Hakans Schere hörte einen Moment lang auf, Geräusche zu machen. Auch die Kunden blickten neugierig in die Spiegel, um nur ja nicht zu verpassen, was das fremde Mädchen wohl vorschlagen würde.

»Und das wäre?«, fragte Wally und verzog die Mundwinkel.

»Du erzählst heute Nacht eine zweite Geschichte«, sagte das Mädchen.

Und kaum hatte sie das gesagt, rief die alte Dame unter der

Frisierhaube »Bravo!«, die Kunden auf ihren Stühlen nickten begeistert, und Hakan strich lächelnd über seinen Schnurrbart. »Das ist eine hervorragende Idee«, meinte er und schenkte dem fremden Mädchen eine Tasse Tee ein. »So kann Wally sich im Erzählen üben, und ihr werdet sehen: Morgen steht nichts davon in der Zeitung.«

Wally überlegte einen Moment lang, dann nickte sie. Die Katastrophe war geschehen, diese Lisanne wusste von Jakobs Versteck. Nun konnte sie genauso gut mitkommen und sich heute Nacht eine zweite Geschichte anhören. Und nein, morgen würde tatsächlich nichts davon in der Zeitung stehen. Weil die Geschichte, die Wally erzählen würde, ganz klein und unspektakulär sein würde. Mit privatem Bezug und nichts für die Öffentlichkeit.

»Das können wir gerne machen«, sagte sie deshalb und streckte Lisanne ihre Hand entgegen. »Ich bin Wally«, sagte sie und grinste, »Wally Vanderbeck.«

Die Tür ins Reich der Fantasie

Die Nacht grub sich mit dunklen Krallen in den Himmel, übermalte den Sonnenuntergang und stieß ihren schwarzen Atem aus, der alles in Dunkelheit tauchte. Nirgendwo auf der Welt konnte man ihr entkommen, nicht in China, Australien oder Madagaskar, egal, wie weit man auch reiste, immer wurde es irgendwann Nacht. Und selbst helle Polarnächte wichen im Winter der völligen Dunkelheit.

Wally warf einen Blick aus dem Fenster und schüttelte sich, doch dann erspähte sie das kleine flackernde Licht knapp unter dem Dach, und ihr Herz machte einen Satz. Dort oben auf dem Speicher stand Jakob, er malte bereits wieder, und Wally beschlich das angenehme Gefühl, dass nur er es schaffte, die Nacht zu vertreiben, auszuschließen wie einen räudigen Hund. Mit zwei Glühbirnen, bunten Farben und ein paar Freunden, deren Zahl sich mittlerweile verdoppelt hatte. Leider war Jakob die rasche Entwicklung ein wenig zu schnell gegangen. Er fürchtete um seinen Geheimplatz, und nun gab es also auch noch Lisanne, die Bescheid wusste und dabei sein wollte, wenn er malte. Er hatte die Lippen zusammengekniffen, seine Baseballmütze zu Boden geworfen, und es kostete Wally sämtliche Überredungskünste, ihn für einen zweiten Abend auf dem Dachboden zu gewinnen. Einen zweiten Abend, an welchem sie eine weitere Geschichte erzählen wollte, so wie gestern.

Als die Mädchen auf dem Speicher eintrafen, waren Robin und Sina längst da. Sie trugen Schlafanzüge und Bademäntel und hatten es sich auf ihrer Decke bequem gemacht.

Jakob stand vor seiner Staffelei. Auf der Leinwand mischten sich heute ganz andere Farben. Das dunkle Rot eines alten Gemäuers, grünes Licht in zuckenden Intervallen, und irgendwo am rechten unteren Rand leuchtete hellgelb ein Stück Hoffnung, ein verlorener Schatz, ein glitzerndes Nichts.

»Das ist Lisanne«, sagte Wally vorsichtig, Lisanne nickte schüchtern in die Runde und setzte sich auf die Decke.

»Erzählst du uns noch eine Geschichte?«, fragte Robin, und Sinas Augen leuchteten vor Vorfreude. »Ja, vielleicht steht dann morgen wieder in der Zeitung, was Jakob da malt.«

Wally grinste, so konnte man es natürlich auch sehen. Nicht ihre Geschichten wurden wahr, sondern Jakobs Bilder. Doch diesmal wollte sie schon dafür sorgen, dass es keine Zeitungsmeldung gab, ihre Geschichte musste nur klein genug sein, unspektakulär und für niemanden wichtig, außer für sie selbst. Vielleicht konnte sie sogar etwas erzählen, was längst geschehen war, wenn sie es nur geschickt genug anstellte …

Sie konzentrierte sich auf das Bild, das alte rostrote Gemäuer und die Pinselstriche, die aussahen wie lange, unbelebte Flure. Im grünen Licht der zuckenden Nachtbeleuchtung, ganz wie in St. Quentin.

»Es waren einmal drei Freunde«, sagte sie, und auf dem Speicher wurde es ganz still, als Wally mit der zweiten Geschichte begann. »Üble Gestalten mit einem durch und durch verdorbenen Charakter. Sie besuchten das gleiche Internat, und eines Nachts entdeckten sie in einem verborgenen Eck des Flurs ein altes und sehr teures Armband. Sie wussten, wem es gehörte, und hätten es eigentlich sofort zurückgeben müssen, aber sie hatten eine andere, viel bessere Idee. Da gab es nämlich ein Mädchen, das sie Pestmotte nannten und aus ganzem Herzen verabscheuten. In der nächsten Nacht schlichen sie in Pestmottes Zimmer, versteckten das Armband im Nachtkästchen und meldeten, dass Pestmotte das Ding gestohlen hatte. Doch das arme Mädchen war recht clever und entwickelte nun ihrerseits einen Plan …«

Und so berichtete Wally – ohne auch nur einen einzigen Namen zu nennen – ihren neuen Freunden von der Sache mit dem Armband, dem verleumderischen Brief und Pestmottes nächtlicher Aktion.

»Eine schöne Geschichte«, sagte Jakob, als Wally geendet hatte. Er trat von der Staffelei zurück und starrte auf sein Bild, in dem Wally ein Internat gesehen hatte, lange Flure und ein verschollenes Armband. Seltsam, denn eigentlich zeigte es die Milchstraße, Sternenstaub im Kosmos, ein Meer aus Milliarden funkelnder Teilchen. »Und in der Zeitung wird sie auch nicht stehen«, fügte er schnell noch hinzu, und Lisanne versuchte ein zustimmendes Grinsen. Doch es verrutschte, irgendetwas an der Geschichte hatte sie an unlängst Gehörtes erinnert.

»Mona hat doch ihr Armband verloren«, sagte Robin plötzlich, und Sina nickte. »Das hat aber Trischa Taler gefunden.«

Lisanne zuckte zusammen, genau, das war's. Trischa, Malle und Nuriel hatten erst gestern von einem verschwundenen

Armband berichtet und einem diebischen Mädchen, die das Ding gestohlen hatte …

Wally verdrehte die Augen und lachte. »Müsst ihr Klugscheißer nicht langsam ins Bett?«

»Erst wenn die Geschichte zu Ende ist«, erklärte Robin.

»Genau«, sagte auch Sina.

»Aber sie ist zu Ende«, sagte die Erzählerin, doch die beiden schüttelten so lange die Köpfe, bis Wally sich erweichen ließ. »Okay, okay, noch eine klitzekleine Zugabe. Nun hatte die Besitzerin also ihr Armband wieder. Eines Nachts träumte sie, dass es Pestmotte war, die ihr das Ding vor die Tür gelegt hatte. Sie stand auf und buk einen riesigen Schokoladenkuchen für Pestmotte, den sie ihr am nächsten Morgen überreichte. Sie versprach, in Zukunft nett zu sein, und gab Pestmotte die Hand. Dabei stolperte sie, rutschte aus, krachte der Länge nach hin und fiel mit dem Gesicht mitten hinein in den Kuchen.«

Die Zwillinge lachten, und Wally verbeugte sich, Jakob legte nun endgültig seine Pinsel beiseite, zog zwei Flaschen Limonade unter dem Schreibtisch hervor, und dann wollten die Kinder endlich wissen, woher Lisanne kam und wie lange sie in St. Quentin bleiben würde.

Und Lisanne erzählte: von ihrer Mutter und dem Klinikaufenthalt und dass sie nun für ein halbes Jahr hierbliebe, was überhaupt nicht schlimm war, denn sie hatte ja schon jede Menge Freunde gefunden, nie im Leben hätte sie das gedacht. »Erst gestern …« Sie biss sich auf die Lippen und erstarrte. »Habe ich drei Kinder kennengelernt«, hatte sie sagen wollen, aber das Bild der drei üblen Gestalten aus Wallys Erzählung schob sich vor ihre Augen, seltsam.

»Erst gestern …?«, fragte Wally nach, doch Lisanne schüttelte den Kopf. Sie würde nichts von Trischa, Malle und Nuriel erzählen, nicht, bis sie mit ihnen gesprochen und verstanden hatte, wie das alles hier zusammenhing. Leider hatte sie die drei den ganzen Tag noch nicht zu Gesicht bekommen, sie waren zum Training für das Sportfest in die Nachbarstadt gefahren und hatten auch beim Abendessen gefehlt. Nun war es sowieso zu spät, aber morgen war ja auch noch ein Tag …

»Ich habe diesen Platz hier vor langer Zeit gefunden und mit viel Mühe hergerichtet«, sagte Jakob plötzlich. »Ihr könnt auch in Zukunft gerne vorbeikommen, aber ihr müsst schwören, dass ihr niemandem davon erzählt. Weder von dem Speicher noch davon, was ich oder ihr hier macht.«

Ach herrje, dachte Lisanne. Natürlich würde sie schwören, wenn Jakob das wollte, aber Versprechen waren Versprechen und Schwüre sogar noch heiliger, also adieu, schöne Geschichte. Nun konnte sie Malle, Trischa und Nuriel nichts mehr davon erzählen, und das war wirklich schade. Sie legte drei Finger aufs Herz und schwor, dass ihre Lippen auf immer versiegelt blieben und sie lieber tot umfallen wolle, als diesen Platz zu verraten, Schwur war Schwur, und sie würde sich daran halten.

Stunden später, Lisanne lag schon lange im Bett, wachte sie plötzlich auf. Schweißgebadet und voll böser Träume. Wie hatte sie nur so dämlich sein können. Natürlich, es passte alles zusammen. Man musste es nur aus einem anderen Blickwinkel betrachten, und dann machte die Geschichte plötzlich Sinn. War das möglich? Aber klar doch! Schnell zog sie ein Blatt Papier und den Füller aus ihrer Schultasche, schlüpfte in ihre

Schuhe, und als sie Stunden später endlich den Weg zurück in ihr Bett fand, läutete die nahe Kirchturmuhr bereits den frühen Morgen ein.

Das war auch der Grund, warum Lisanne ausgerechnet am nächsten Tag verschlief. Und eines der größten Spektakel verpasste, das St. Quentin so früh am Morgen je gesehen hatte.

Wally, Jakob, Robin und Sina saßen im Speisesaal – zum ersten Mal gemeinsam an einem Tisch. Sie sprachen wenig, schaufelten Müsli mit frischen Erdbeeren und noch warme Brötchen mit selbst gemachter Himbeermarmelade, die ein wenig nach Vanille duftete, in sich hinein, als plötzlich Mona Windhart hereinspazierte. Sie trug einen riesigen Schokoladenkuchen vor sich her und segelte direkt auf Wally zu, stellte den Kuchen ab und reichte Wally die Hand. »Ich wusste nicht, dass du das Armband vor meine Tür gelegt hast«, sagte sie und lächelte. »Aber ich weiß, dass du Schokoladenkuchen magst, und deshalb habe ich einen für dich gebacken. Höchststrafen bekommst du natürlich auch nicht mehr. Vorausgesetzt, du benimmst dich.«

Wally und ihre Freunde saßen am Tisch, als hätte sie ein Blitz gestreift, unfähig, auch nur ein Wort zu sagen. Mit offenen Mündern starrten Robin und Sina auf den Schokoladenkuchen, und auch Jakob schien völlig benommen, er schüttelte den Kopf, als verscheuche er einen schlechten Traum.

»Äh, ja, danke«, sagte Wally und schüttelte Mona Windharts Hand. In diesem Moment stieß sich Frau Windhart an der Tischkante, kam ins Straucheln und rutschte aus. Sie riss das Geschenk mit sich und sauste der Länge nach zu Boden. Und mit ihrem Spitzmausgesicht klatschte sie mitten hinein in den Schokoladenkuchen.

Es mag verwundern, doch ausgerechnet Jakob bestand an diesem Tag auf einem abendlichen Treffen und einer dritten und letzten Geschichte.

»Ein einziges Mal noch«, sagte er, als sich die ungleichen Freunde nach der Schule trafen und gemeinsam auf den Nachhauseweg machten. »Das können Zufälle gewesen sein, ein Zusammentreffen seltsamer Umstände. Wenn wir aber …«

»Zufälle?«, schnaubte Wally und kickte einen Kiesel über die Straße. »Mona Windhart backt ausgerechnet mir einen Kuchen, und das nennst du Zufall? Und hineingefallen ist sie auch noch, schon vergessen?«

Lisanne hatte den ganzen Weg über geschwiegen, und erst als die mächtigen Mauern von St. Quentin auftauchten, räusperte sie sich und nickte. »Ja, ein Mal noch«, sagte sie leise. Und an Wally gewandt fügte sie hinzu: »Du wirst sehen, die heutige Geschichte wird keine Folgen mehr haben, glaub mir.«

Hilflos zuckte Wally die Schultern, sie mochte die Abende auf dem Speicher und freute sich auf einen weiteren, aber was, wenn die nächste Story auch wieder …

»Eine allerletzte Geschichte«, willigte sie schließlich ein, verabschiedete sich mit einem Nicken und machte sich auf den Weg zu ihrem Zimmer.

Es war bereits zehn Uhr, als sich Wally über die Wendeltreppe auf den Dachboden schlich. Die anderen waren längst da, hatten sich auf der Decke aneinandergekuschelt und beobachteten Jakob, der an einem neuen Bild arbeitete.

Er hatte heute auf Blau und Grün verzichtet und andere Farben gewählt, sommerlich warme Töne, Gelb, Orange und Beige.

Er klatschte bunte Tupfen auf die Leinwand, Farbkleckse, die miteinander verschmolzen, ein wirres Getümmel und Durcheinander wie auf einem Basar, einem Pferde- und Töpfermarkt mit kleinen bunten Ständen, an denen die Leute ihre Waren feilboten, Buden mit Sonnenschirmen davor, und die kleinen weißen Kleckse, das waren die Händler, Schaulustige und Bettler, die um ein paar Groschen baten.

»Es war einmal ein seltsam bunter Markt«, begann Wally, das Allerlei der Farben zog sie magisch an, und schon war sie mittendrin in diesem Bild und ihrer dritten Geschichte. »Ein Straßenfest mit vielen farbenfrohen Buden und kleinen Läden, Grillstellen, Fischverkäufern und Schaustellern. Eine riesige Menge von Besuchern drängte sich durch die engen Gassen zwischen den Buden, versuchte hier einen Blick auf einen Feuerspucker zu erhaschen oder dort ein billiges Los zu ergattern. Plötzlich gab es einen Aufruhr. Ein kleines Mädchen stand am Zelt einer Wahrsagerin, sah die Pendel und Kristalle in der Sonne blitzen und meinte, sie hätten Feuer gefangen. ›Es brennt‹, rief das Mädchen laut. ›Wasser!‹

Die Leute, die überhaupt nicht wussten, was los war, rannten panisch umher und kippten schließlich zwei Eimer Wasser über das arme Mädchen, das nun pitschnass dastand und sich entsetzlich schämte. Einer der Händler zeigte Mitleid und lieh dem Mädchen für die Dauer des Festes das herrlichste Kleid, das er zum Verkauf bot, ein Gewand aus rotem Brokat und feinster Florentiner Spitze, und nun war sie die Schönste auf dem ganzen Fest.«

Robin und Sina gähnten. »Wirklich eine feine Geschichte«, sagte Robin. »Ein bisschen langweilig, aber das macht ja nichts.«

»Das macht wirklich nichts«, sagte auch Sina, und dann verabschiedeten sich die Zwillinge. Der Weg zu ihren Betten war weit, und Jakob leuchtete mit der Taschenlampe Helligkeit in den dunklen Schlund der Wendeltreppe, als Robin und Sina Stufe für Stufe nach unten kletterten.

Die Flure schienen zu atmen, und die dunklen Säulen bewegten sich im müden Lidschlag der Augen.

»Mich gruselt«, sagte Sina und klammerte sich an ihren Bruder.

»Das kommt von den Geschichten«, sagte Robin, »und davon, dass alle wahr werden. Hoffentlich diese nicht auch noch, sonst bekommt Wally einen Herzinfarkt.«

Sina nickte, obwohl sie nicht so ganz genau wusste, was ein Herzinfarkt war und ob man den überhaupt bekommen sollte. »Erzählst du mir das Märchen noch einmal?«

Und während die Zwillinge nun über die nachtmüden Flure von St. Quentin schlichen, wiederholte Robin das eben Gehörte. Die Vorhänge bauschten sich vor den großen Fenstern, und die Säulen in den Fluren bewegten sich immer noch, doch es waren nicht die kalten Steine, die zum Leben erwachten, sondern dunkle Schatten, die aus den Mauern traten und hinter den Säulen hervorkamen. Schattenwesen, schaurige Boten der Nacht, verlorene Seelen der Dunkelheit. Und fast sah es so aus, als verfolgten sie die Zwillinge auf dem Weg in ihre Betten.

»Und so war sie die Schönste auf dem ganzen Fest«, beendete Robin seine Erzählung, und Sina gähnte erneut.

»Das wird auf gar keinen Fall wahr«, sagte sie, verschluckte sich und bekam einen Hustenanfall. Dann spitzte sie plötzlich die Ohren. »Da ist jemand«, sagte sie und deutete den Flur hinunter. Doch der war leer, weit und breit war niemand zu sehen, und Robin schüttelte den Kopf. »Das ist ein altes Haus, hier spukt es.«

Sina quiekte entsetzt, riss die Tür zu ihrem Zimmer auf und drückte hektisch auf den Lichtschalter.

Als die Zwillinge die Tür zu ihrem Zimmer geschlossen hatten, zogen sich die Schatten zurück, verschmolzen mit dem Dunkel der Säulen und lösten sich in Luft auf, verblassten im grünen Licht der Flurbeleuchtung und verschwanden im Dunkel der Nacht.

Der nächste Tag stand ganz im Zeichen des Sportfestes, einer der beliebtesten Veranstaltungen im Waisenhaus. Erstaunlicherweise erkämpften die Bewohner von St. Quentin stets die meisten Medaillen, obwohl keiner so recht wusste, wie das kam. Denn die anderen Teilnehmer waren gute Sportler aus anderen Schulen und Internaten und hatten auch so einiges zu bieten. Auf dem Sportplatz gingen die Mädchen gerade in Startposition für den Vierhundertmeterlauf, und auf den Tribünen saßen Schüler und Lehrer, hielten die Gesichter in die Sonne und verfolgten das Geschehen.

Wally und ihre Freunde bummelten am Sportplatz vorbei. Hier waren ein paar Buden aufgebaut, ein Informationsstand von UNICEF, ein Würstchengrill und ein Stand mit isotonischen Drinks für die ausgepowerten Sportler.

»Hey, Lisanne«, sagte da plötzlich jemand, und hinter einem Stand tauchte das Gesicht von Trischa Taler auf. Mit dem strahlendsten Lächeln, das sie im Angebot hatte. »Hast du dich schon eingelebt?«

Doch dann fiel ihr Blick auf Lisannes Begleiter, ein Schatten rutschte über ihr Gesicht und verdunkelte für einen Moment das Strahlen ihrer Augen, ganz kurz nur. Wie eine Wolke, die sich für einen Augenblick vor die Sonne schob. Aber das bemerkte keiner.

»Ja, echt schön hier«, entgegnete Lisanne.

Malle schlenderte herbei; und auch er warf einen erstaunten Blick auf Lisannes Begleitung. »Was willst du denn mit denen?«, fragte er, kniff die Augen zusammen und musterte Jakob wie ein Bakterium unter dem Elektronenmikroskop, dann legte er Lisanne einen Arm um die Schultern und kam mit seinem Mund so nah an ihr Ohr, dass es kribbelte. »Du solltest in der Wahl deiner Freunde vorsichtiger sein«, wisperte er. »Diese Typen hier sind absolute Nullnummern.«

Ungeschickt wand sich Lisanne aus der plötzlichen Umarmung und suchte nach Worten. »Ihr kennt euch?«, fragte sie und wusste im gleichen Moment, dass dies ein blöder Satz war, ein ganz und gar verkorkster Versuch, die Stimmung zu heben. »Kennen?«, bellte Trischa, wobei sie das Wort ausspie wie ein Stück vergammeltes Fleisch. »Leider wohnen wir zusammen; und das genügt völlig.« Sie warf Wally einen vor Verachtung triefenden Blick zu. Die Stelzenprinzessin war noch nie ihr Fall gewesen. Dass sich aber jetzt ausgerechnet Lisanne mit ihr abgab, war mehr als ärgerlich und in keinster Weise nachvollziehbar. Schließlich hatten Trischa und ihre Freunde sich um die Neue gekümmert, was wollte sie also von diesen Vogelscheuchen? In diesem Moment tauchte Nuriel auf. Sie kam vom Vierhundertmeterlauf und war noch ganz außer Atem. »Hunger«, japste sie, »und jede Menge Durst.«

»Können wir uns vielleicht auch ein Würstchen kaufen?«, fragte Sina vorsichtig und erlangte mit dieser Frage überraschenderweise die volle Aufmerksamkeit von Trischa. »Weißt du was?«, säuselte sie und lächelte charmant. »Heute ist dein Glückstag, du bekommst eins umsonst.« Sie griff hinter die Theke und reichte der Kleinen einen Hotdog, Sina bedankte sich artig, biss hinein, und dann ging alles sehr schnell.

»Es brennt«, keuchte sie und lief puterrot an. »Wasser!«

Robin war wie gelähmt vor Schreck, Wally griff nach der Flasche Limonade in ihrem Rucksack, als es auch schon passierte: Malle und Nuriel kippten zwei Eimer Wasser über Sina. Die nun pitschnass dastand und sich entsetzlich schämte.

Aber da bahnte sich auch schon Frau Schilling einen Weg durch die Menge. »Was ist denn hier los?«, rief sie, besorgte Sina etwas zu trinken und bugsierte sie zu einer Kiste mit alten Sportklamotten, Fundstücken aus zehn Jahren Sportgeschichte.

»Zieh dir etwas Trockenes an«, sagte sie, und so stand Sina wenige Minuten später wieder im Kreis ihrer Freunde: in einer verbeulten Jogginghose, einem pinkfarbenen Poloshirt und geringelten Socken.

»Jetzt bist du die Schönste auf dem ganzen Fest«, sagte Robin, und Sina lachte vergnügt.

Wally, Lisanne und Jakob sagten nichts. Sie starrten Robin an, als hätte er etwas Verbotenes gesagt, etwas ganz und gar Undenkbares, völlig Unmögliches. Märchen waren Märchen, erfunden, ausgedacht und unwirklich. Dass Wallys Märchen auf seltsame Art wahr wurden, grenzte an Wunder, an seltsame Zauberei und öffnete eine Tür ins Reich der Fantasie. Eine Tür in die Welt der Schwarzen Magie oder noch viel schlimmer.

Ernste Überlegungen …

Wally lag auf ihrem Bett und starrte auf den hässlichen dunklen Wasserfleck an der Decke direkt über ihr. Der Fleck war an den Rändern schon ganz schwarz vor Schimmel. Eine dicke Spinne krabbelte über den aufgeplatzten Putz, lief an der Wand hinunter und ließ sich auf den Schreibtisch fallen, kletterte über Schulhefte und Bücher und verschwand schließlich hinter der Schreibtischlampe. Obwohl Wally Spinnen zutiefst verabscheute, war ihr das heute egal, ihre Gedanken kreisten einzig um das Sportfest, zwei Eimer Wasser und eine pitschnasse Sina.

»Das gibt es doch gar nicht«, murmelte Wally ein ums andere Mal und strich wie zur Bestätigung dieser Worte mit dem Zeigefinger über ihr Knie, genauer gesagt über die Umrisse von Großbritannien.

Natürlich hatte sie sich auch früher schon Geschichten ausgedacht und war in fremde Welten gereist. Als Spionin, Filmdiva oder reiche Touristin. Sie hatte Russland gesehen, den Eiffelturm bestiegen und im Schneeanzug den Südpol erforscht. Doch in den letzten Jahren waren diese Reisen seltener geworden, vielleicht lag es daran, dass sie älter wurde und ihre Angst vor den langen Nächten etwas abgenommen hatte. Nie war eine dieser Geschichten jemals Wirklichkeit geworden. Niemand hatte Wally aus St. Quentin herausgeholt und ihr die Welt gezeigt. Weder war sie mit dem Postschiff an Norwegen vorbeigesegelt, noch hatte sie die Atlantiküberquerung mit dem urplötzlichen Blick auf die Freiheitsstatue erlebt.

Doch nun schien auf einmal alles anders, alles denkbar zu sein. War es möglich, dass Geschichten einfach passierten, weil sie laut ausgesprochen wurden? Aber wie konnte denn etwas wahr werden, nur weil man es in Worte fasste und in Sätze fügte? Und wenn ihre Erzählungen nun schon wahr wurden, war sie dann vielleicht jemand ganz Besonderes? Mit einem seltenen Talent, einer Aufgabe, ein einzigartiger Mensch? So eine Art Superheldin mit Superkräften oder vielleicht sogar eine Hexe?

Dieser Gedanke gefiel Wally schon besser, aber ihre Fantasien hatten auch übles Unheil angerichtet. Mona Windhart hatte sich so heftig den Knöchel verstaucht, dass sie seitdem auf Krücken ging, und dann war da auch noch Sina ...

Wally schüttelte den Kopf und stöhnte. Gleich morgen musste sie sich bei den beiden entschuldigen. Bei dem Gedanken daran wurde ihr ganz schlecht, aber es ging einfach nicht anders. Schließlich trug sie die Verantwortung für diese Missgeschicke, und mit der Verantwortung war das wie mit einem Päckchen, sagte Hakan immer. Man trug es so lange mit sich herum, bis man es am Postschalter abgeben konnte, und genau das musste sie tun: die Verantwortung loswerden. Und am einfachsten ging das wohl mit einer Entschuldigung.

Und dann?

Sie würde jedenfalls nie wieder eine Geschichte erzählen, so viel stand fest. Sie konnte sich jede Menge irrer Dinge ausdenken, in ihren Träumen reisen, fremde Welten besuchen und Menschen kennenlernen – sie durfte nur nie wieder darüber sprechen, es niemandem erzählen und schon gar nicht laut vortragen.

»Dann kann auch nichts mehr schiefgehen«, murmelte sie, schlüpfte unter die Decke, und in Sekundenschnelle fielen ihr die Augen zu, obwohl es draußen taghell und das Sportfest noch in vollem Gange war.

Seltsamerweise hatte Wally keinen einzigen Gedanken daran verschwendet, dass ihre neu entdeckte Gabe nicht nur Nachteile hatte. Offenbar beherrschte sie etwas, wovon andere Mädchen mit zwölf Jahren nur träumen konnten. Denn wenn eigene Erzählungen wahr wurden, hieß das natürlich auch, dass so einiges möglich war. Man konnte Dinge geschehen lassen, die man sich schon lange gewünscht hatte. Wally konnte ein paar Kilo zunehmen, Popstar werden oder Reitturniere gewinnen, mit Madonna zum Abendessen gehen oder ihr Taschengeld aufbessern. Doch tatsächlich hatte Wally keine einzige Sekunde daran gedacht, vielleicht, weil sie bescheiden war, wenig brauchte und sich noch weniger wirklich von ganzem Herzen wünschte. Zumindest das Letzte sollte sich bald ändern, sehr bald sogar.

Lisanne saß in der hintersten Ecke des Hofes, ganz in der Nähe des Schweinestalls, und raufte sich die Haare. Himmel, wo war sie da nur hineingeraten? Und nun war sie auch noch schuld an der ganzen Misere. Okay, vielleicht nicht an der ganzen, aber in weiten Teilen, und sie konnte mit niemandem darüber reden. Ihre Mutter und Herr August waren weit weg, Trischa, Malle und Nuriel fielen aus, und Wally... die würde sie in der Luft zerreißen, wenn sie erfuhr, was passiert war.

Lisanne musste also alleine zurechtkommen. Gut, noch einmal von vorne. Die erste Geschichte war seltsam und weiterhin unerklärlich, doch an der zweiten hatte sie entscheidend mitgewirkt. Mitten in der Nacht war sie nämlich aufgewacht und hatte begriffen, dass Wallys Geschichte echt, das Armband tatsächlich verloren und gefunden worden war. Es gehörte Mona Windhart, einer der Betreuerinnen, das hatte Robin herausposaunt, und die üblen Gestalten waren wahrscheinlich sogar Trischa, Nuriel und Malle, die an ihrem ersten Tag so nett zu ihr gewesen waren. Zugegebenermaßen eine seltsame Idee, aber vielleicht doch wahr – nach dem Auftritt der drei auf dem Sportfest nicht undenkbar.

Lisanne hatte jedenfalls in einer schlaflosen Nacht einfach beschlossen, Wally zu ihrem Recht zu verhelfen, und so hatte sie sich hingesetzt und einen Brief an Frau Windhart geschrieben: Wally hat das Armband vor Ihre Tür gelegt und sich viel Ärger eingehandelt. Sie mag selbst gebackenen Schokoladenkuchen und fürchtet sich vor Strafen, irgend so etwas hatte in dem Brief gestanden.

Und dann war sie durch die nächtlichen Flure bis vor Monas Zimmer geschlichen und hatte den Brief unter der Tür durchgeschoben.

Nie im Leben hätte sie es für möglich gehalten, dass die Betreuerin gleich am nächsten Morgen mit einem Kuchen auftauchen und dann auch noch stolpern würde. Für den ganzen Schlamassel war jedoch auf gar keinen Fall Wallys Geschichte, sondern ganz allein ihr Brief verantwortlich. Nur konnte sie das leider niemandem erklären. Und dann war da natürlich noch die Sache mit dem Sportfest. Doch schon wieder waren Malle, Trischa und Nuriel beteiligt. Ob sie etwas mitbekommen oder die Geschichte belauscht hatten? Lisanne hatte nicht die leiseste Ahnung, aber die drei waren definitiv mit Vorsicht zu genießen. Und dann gab es da natürlich noch Wally, Jakob und die Kleinen, eine nette Runde sympathischer Gleichgesinnter. Denen sie aber nicht die Wahrheit sagen konnte, weil sie Angst hatte, nicht mehr mit ihnen auf den Speicher zu dürfen.

»Was für ein Durcheinander«, schimpfte Lisanne, zog ein vertrocknetes Pausenbrot aus ihrem Rucksack und verfütterte es an die Schweine, die sich wild quiekend darüber hermachten.

Jakob hatte dem Sportfest ebenfalls den Rücken gekehrt und sich auf den Speicher verzogen. Auch er dachte angestrengt nach. Über das Leben, den Tod, seltsame Geschichten und deren Wahrheitsgehalt. Vielleicht konnte Wally ja mit einer einzigen Geschichte seine Eltern zum Leben erwecken? Nein, so verheißungsvoll dieser Gedanke auch schien, das war unmöglich. Ein Windstoß fuhr durch die offene Dachluke, raschelte in Leinwänden und Papieren, und Jakob zuckte zusammen. Er musste wieder an die schwarzmagischen Kräfte denken, an düstere Herren der Finsternis und die Kräfte des Bösen. An Parallel- und Scheibenwelten und geheime Türen in verborgene Reiche. An Narnia, Mittelerde und Fantasien.

Der Wind wurde kälter, und Jakob fröstelte. Vielleicht sollte er das Fenster schließen, doch die Kälte steckte ihm schon in den Knochen, und sie kam von innen heraus, wie Ratten aus der Kanalisation.

Er wedelte mit den Armen und verscheuchte die Gedanken an Schwarze Magie und gefährliche Welten, schließlich existierte da noch ein anderer, äußerst faszinierender Aspekt. Gab es nicht genügend Dinge, die er sich schon sein Leben lang gewünscht hatte? Wally brauchte eigentlich nur eine Geschichte von einem Lottogewinn oder einem unentdeckten Schatz zu erzählen. Von guten Schulnoten, weniger Schmerzen, glänzenden Ergebnissen im Fußball und einer Horde wild gewordener Mädchen, die kreischend jubelten, wenn Jakob mit dem Ball aufs Spielfeld lief. Mit Wallys Geschichten stand ihm die Welt offen …

Er trat an die Staffelei und begutachtete die frisch bespannte Leinwand, die nur auf Farben zu warten schien. Auf bunte, schöne, verheißungsvolle. Er öffnete seine Tuben, tropfte ein wildes Einerlei auf die Palette, tauchte den Pinsel ein, und unter seinen Händen entstand das schönste Bild, das er je gemalt hatte. In Weizengold und Silbergrau, wie all die Schätze und Offenbarungen, die auf ihn warteten.

Vor einem leuchtend orangen Sonnenuntergang nach einem fantastischen Tag. Ohne Schmerzen und in leiser Melancholie, die er mit feinen hellbraunen Strichen ins Bild zauberte. Weil das Leben schön war und er es endlich wieder genießen konnte.

Das Frösteln hatte aufgehört, Jakob spürte, wie sein Blut durch Arme und Hände pulsierte, wild und aufgeheizt. In herrlicher Vorfreude und in Erwartung dessen, was bald kommen würde: Erfolg, Reichtum, gute Schulnoten und Anerkennung. Wallys Geschichten waren ein Tischleindeckdich, von dem man sich nehmen konnte, was man wollte. Sie musste seine Wünsche nur in Worte fassen, und das würde er mit aller Macht unterstützen.

… und eine unglaubliche Idee

»Ich werde keine Geschichten mehr erzählen«, erklärte Wally, als sie mit ihrem Tablett an der Essensausgabe im Speisesaal hinter Jakob und Lisanne stand. Die beiden starrten sie an, als hätte sie etwas ganz und gar Unmögliches gesagt. »Ich esse Regenwürmer« oder »Schule ist schön«, irgend so etwas.

»Du wirst was?«, fragte Jakob, und vor Schreck traten ihm die Augen aus dem Kopf. Er stellte sein Tablett ab, lehnte sich gegen eine Säule und verzog das Gesicht, er hatte heute starke Schmerzen und bemühte sich aus Leibeskräften, es niemanden merken zu lassen.

»Ich werde nichts mehr erzählen«, wisperte Wally. »Jedenfalls nicht nachts auf dem Speicher. Das bringt Unheil, diese ganzen Sachen, die plötzlich passieren, das mit Mona und dann mit Sina, das ist doch nicht normal …«

Lisanne wurde rot vor Scham und guckte zu Boden, zählte die Suppenspritzer auf dem Boden, die heruntergefallenen Gurkenscheiben und Nudeln, wollte gar nicht mehr aufgucken und niemandem in die Augen sehen müssen.

»Quatschen könnt ihr, wenn ihr euer Essen habt«, knurrte die Aushilfe hinter dem Tresen. Sie trug eine verkleckerte Kittelschürze, klatschte goldgelben Kartoffelbrei neben eine Scheibe Rindfleisch und übergoss beides mit einer sämigen, sehr dunklen Thymiansoße.

Von hinten schob sich Malle heran, klopfte Lisanne auf die Schultern und grinste. »Keine Sorge«, zischte er. »Das sieht ein bisschen nach Armenküche aus, schmeckt aber lecker.« Lisanne lächelte unsicher, dann schnappten sich die Freunde ihre Teller und suchten sich einen Tisch, möglichst weitab von den anderen.

»Das mit Mona Windhart war ich«, sagte Lisanne leise, als sie endlich alle saßen und aßen, denn irgendwann musste sie ja die Wahrheit sagen. Und dann sprudelte die ganze Geschichte auch schon aus ihr heraus wie Kaugummis aus einem kaputten Automaten. Als sie fertig war, guckte sie immer noch zu Boden und wartete auf das große Donnerwetter, doch nichts passierte.

Ganz im Gegenteil: Wally legte ihr den Arm um die Schulter und drückte sie. »Das war nett«, sagte sie leise, »dass du den Brief geschrieben hast. Danke!«

Überrascht blickte Lisanne auf. »Ja, aber verstehst du denn nicht?«, wisperte sie. »Es war nicht deine Geschichte, sondern der Brief!«

Jakob zog seine Stirn in Falten. »Und die anderen Vorfälle?«

Lisanne zögerte ein paar Sekunden, dann deutete sie über die Köpfe der Kinder hinweg ins hinterste Eck des Speisesaals. »Ich will nichts Schlechtes sagen, immerhin waren die drei die Ersten, die mich in St. Quentin angesprochen haben, aber ich finde es schon erstaunlich, dass Trischa das scharfe Würstchen spendierte und ausgerechnet Nuriel und Malle mit den Wassereimern dastanden. Ob sie die Geschichte vielleicht belauscht haben?«

Jakob warf einen Blick über die Tische. Dort hinten saßen sie, wie immer steckten sie ihre Köpfe zusammen und tuschelten. Diesen dreien traute er tatsächlich jede Menge zu, und Lisanne konnte durchaus recht haben. Allerdings war schon ziemlich viel passiert, und diese drei Ekelpakete verfügten wohl kaum über derart seltsame Kräfte. Nein, die Geschichten wurden wahr, weil das Mädchen in den kurzen Röcken eine besondere Kunst beherrschte, so einfach war das. Und gleichzeitig war Jakob unendlich traurig, dass Wally nicht weiter erzählen wollte. Adieu, schöne Träume, dachte er und seufzte.

»Was ist eigentlich mit deinem Bein?«, fragte Wally plötzlich, und Jakob erstarrte. »Es geht mich nichts an, aber du siehst aus, als hättest du Schmerzen.«

Jakob nickte und stopfte sich eine Gabel Kartoffelbrei in den Mund. »Arthrose«, murmelte er, »aber ich spreche nicht gerne darüber.«

Wally nickte und zog ihren Rock ein Stück nach oben. »Dies hier ist das schönste Muttermal, das die Welt je gesehen hat«, sagte sie und grinste. »Früher habe ich es versteckt, weil ich mich irgendwie dafür geschämt habe. Heute ist es mir egal, ob es jemand sieht. Ich verstecke es nicht mehr und finde das irgendwie … leichter.«

Lisanne lächelte. »Es sieht aus wie …«

»Großbritannien«, ergänzte Wally und nickte.

Jakob starrte auf das Muttermal und versuchte krampfhaft, es mit seiner Krankheit zu vergleichen, was gar nicht so einfach war. Doch Wally hatte ihm etwas sagen wollen, so viel stand fest. Vielleicht ging es gar nicht um seine Krankheit oder ihr Muttermal, sondern um Zeigen und Verstecken, Reden und

Schweigen. Das war natürlich möglich, und Jakob wollte sich das noch einmal in aller Ruhe überlegen, später.

»Also, was ist jetzt«, fragte er leise, »mit den Märchen?«

Wally guckte ihn an und schüttelte den Kopf.

Es kam unerwartet, doch noch am selben Nachmittag rief Frau Schilling Wally in ihr Büro. Sie saß hinter dem Schreibtisch, lächelte kurz und blätterte in ihren Papieren.

»Nimm doch bitte Platz«, sagte sie, und Wally rutschte auf einen der Besucherstühle, die vor dem Tisch platziert waren wie Kinosessel vor einer Leinwand. Der Film hieß »Frau Schilling hat eine Neuigkeit«, denn sonst wurde man nicht zu ihr gerufen. Meistens waren die Filme gut, aber dafür gab es keine Garantie, kein Programmheft, in das man vorher gucken konnte, und auch sonst nichts. Manchmal waren es keine Filme, sondern Überraschungseier aus Schokolade, bei denen man nicht genau wusste, ob man den Inhalt schon kannte, mochte oder hinterher bitter enttäuscht war.

»Ich habe mit deinem Vormund gesprochen«, begann Frau Schilling, und Wally zuckte zusammen. Das war keine gute Einleitung, denn es verhieß einen undurchsichtigen Dschungel aus Fakten und Stress. »Er lässt dich lieb grüßen …«

Das klang schon besser, und Wally atmete auf. Viele Kinder in St. Quentin hatten einen Vormund, zumeist eine Person aus dem Jugendamt.

Vormünder waren so etwas wie Eltern, zumindest vor dem Gesetz. Sie mussten in wichtigen Fragen ihr Einverständnis geben und darüber wachen, dass dem ihnen anvertrauten Kind kein Unheil geschah. Sie waren auf eine seltsame Art und Weise verantwortlich, auch wenn man eigentlich kaum Kontakt zu ihnen hatte. Wallys Vormund war ein netter Herr mit Nickelbrille und schweißnassen Händen, einem Haarkranz rund um die Glatze und schlechten Zähnen. Wally fühlte sich wohl in seiner Gesellschaft, auch wenn sie nicht genau wusste, warum. Wenn er ins Spiel kam, wurde es nämlich meistens schwierig. Auf die Realschule oder ins Gymnasium, wie geht es dir in St. Quentin, wann möchtest du etwas über deine Eltern erfahren, und wann und wie machen wir das? Die letzte Frage war die schwierigste, und Wally hatte sie bisher immer vor sich hergeschoben.

Schweinsteiger hieß ihr Vormund, wie der berühmte Fußballer, nur war er nicht so berühmt, nicht ganz so blond und noch weniger sportlich.

»Wir glauben, dass wir uns langsam mit der Frage nach deinen Eltern beschäftigen sollten«, sagte Frau Schilling jetzt, und Wally duckte sich.

Eine Fliege flog an das Fester, knallte mit dem Kopf gegen die Scheibe, und ihr mattes Brummen, der hektische Flügelschlag und die kurze Unterbrechung dieses offenbar schwierigen Gesprächs waren Wally willkommen. Äußerst willkommen sogar.

Ihre Mutter hatte sie in die Babyklappe gelegt, und egal, wie viele Tausend Gründe es dafür gegeben haben mochte, es blieb, wie es war: Sie, Wally Vanderbeck, war abgegeben worden. Und niemand hatte jemals wieder nach ihr gefragt. Jahrelang hatte Wally davon geträumt, dass eines Tages eine Frau mit wehendem Haar ins Haus stürzte und nach ihrem Kind fragte. Mit offenem Mantel, zerrissenen Strümpfen und verrutschtem Make-up, ganz egal. Sie fragte nach ihrem Kind, ihrer Tochter, die sie damals, aus großer Verzweiflung und einem Versehen heraus, in St. Quentin deponiert hatte. Und die sie jetzt – endlich – zurückhaben wollte. Doch diese Träume waren unerfüllt geblieben.

»Du weißt, dass wir vermuten, dass deine Mutter nicht mehr lebt«, sagte Frau Schilling, und ja, das wusste Wally. Es musste wohl so sein und fühlte sich seltsam gut an, denn nur wer nicht mehr lebte, konnte sein Kind auch nicht abholen. Das machte Sinn und war auf eine sonderbare Art und Weise tröstlich.

Für einen kurzen Moment vergaß Wally die Fliege am Fenster und richtete ihren Blick auf Frau Schilling. Sie mochte die Heimleiterin, kannte sie seit Kindertagen und vertraute ihr.

»Warum haben Sie mich dann herbestellt?«, fragte sie leise.

Frau Schilling zögerte. »Es gibt zwei, drei Dinge, die dir damals mitgegeben wurden.«

Sie zögerte und deutete auf den großen Aktenschrank an der Wand. »Das ist eher ungewöhnlich. Normalerweise wollen Mütter, die ihre Kinder abgeben, anonym bleiben. Nun … wir denken jedenfalls, dass du alt genug bist, um einen Blick darauf zu werfen, allerdings nur, wenn du das möchtest.«

In diesem Moment stürmte die Sekretärin ins Zimmer und unterbrach die Ausführungen der Heimleiterin. »Frau Schilling, schnell, Sie werden gebraucht.«

Die Heimleiterin sprang auf, bedachte Wally mit einem entschuldigenden Blick, und weg war sie. Zurück blieben nur der Hauch ihres Parfüms und ein hässlicher Aktenschrank, der urplötzlich Wallys gesamte Aufmerksamkeit auf sich zog. Mit einem Satz war sie auf den Beinen und zog die Türen auf. Dicke Hängeordner hingen alphabetisch und nach Namen geordnet auf Rollschienen, und es dauerte genau zehn Sekunden, bis

Wally ihren Namen gefunden hatte, ganz hinten im Alphabet. Mit zitternden Fingern öffnete sie die Kladde und zog ihre Akte hervor, ein Kettchen mit Anhänger, das Foto einer jungen Frau und einen Brief. Wally begann zu lesen: »Ich bin froh, dass ich die Geburt überlebt habe, doch ich bin krank, und es wird nicht mehr lange dauern …«

Von draußen waren Stimmen zu hören. Ob Frau Schilling schon zurückkam? Verzweifelt versuchte Wally sich noch ein paar der nachfolgenden Sätze einzuprägen, die steile Handschrift ihrer Mutter, das erste Lebenszeichen von ihr, das sie jemals sah, vielleicht auch ihr letztes. Dann griff sie nach dem Foto, warf einen Blick darauf und versank für Sekunden in dem Bild einer schönen Frau, die so ganz anders aussah als sie selbst, mit steiler Nase, dunklen Haaren und verträumtem Blick, einem Lachen, das vielleicht dem Fotografen gegolten hatte, einem guten Freund oder ihrem Vater? Wally griff nach der Kette, einem dünnen goldenen Band mit einem seltsamen Anhänger. Was sollte das denn sein, ein Schmetterling?

Jetzt nahten Schritte, Wally stopfte Brief, Kette und Foto zurück in die Kladde, schloss den Schrank und rutschte auf ihren Stuhl. Gerade noch rechtzeitig, denn nun rauschte Frau Schilling ins Zimmer und nickte Wally entschuldigend zu.

»Ein Notfall. Wo waren wir stehen geblieben?«, fragte sie, aber das wusste Wally nicht mehr. In ihrem Kopf brannte das Bild ihrer Mutter, einer schönen Frau mit spitzer Nase, die sie nie von hier abgeholt hatte. Weil sie offenbar nicht konnte, sterbenskrank oder längst tot war, was Frau Schilling und der Vormund in aller Vorsicht immer wieder angedeutet hatten.

»Sie wollten wissen, ob ich die Dinge sehen möchte, die meine Mutter mir mitgegeben hat«, sagte Wally endlich, und diese Worte kosteten sie ihre letzte Kraft.

Frau Schilling lächelte. »Und, möchtest du? Dann vereinbare ich einen Termin mit deinem Vormund.«

Wally nickte, stand auf und wankte zu Tür.

»Danke«, sagte sie noch, stolperte auf den Flur hinaus und sackte auf dem ekligen rostbraunen Teppich zusammen.

»Frau Schilling ist sich sicher, dass meine Mutter nicht mehr lebt«, erklärte Wally am Abend ihren neuen Freunden. Sie saß mit ihnen auf dem Speicher, Jakob malte heute ausnahmsweise nicht, das Gespräch war zu ernst, zu wichtig und berührte ihn selbst ganz wesentlich. »Und sie sieht gar nicht aus wie ich, überhaupt nicht.«

»Das ist ja furchtbar«, stammelte Jakob und erntete einen dankbaren Blick von Wally. »Also, ich meine, dass sie tot ist.«

»Ich sehe auch nicht aus wie meine Mutter«, sagte Lisanne. »Eher wie mein Vater. Das hat was mit rezessiven und dominanten Vererbungsmerkmalen zu tun …«

Jakob schwieg. Seine Eltern hatten beide ganz anders ausgesehen als er selbst, obwohl … Seine wirren Haare erinnerten an seinen Vater und das lustige Grinsen an seine Mutter, aber daran wollte er jetzt nicht denken.

»Leider habe ich nicht die geringste Ahnung, wer mein Vater ist«, sagte Wally. »In diesem Ordner war nicht der kleinste Hinweis auf ihn zu finden, kein Name, keine Adresse nichts. Zumindest habe ich nichts davon gesehen.«

»Puh«, machte Lisanne, das war ja übel. Ihren Vater gab es, zumindest mit Namen und Adresse, und auch wenn sie kaum

Kontakt zu ihm hatte, so wusste sie doch wenigstens, wie er aussah, was für ein Typ er war und wo er lebte. Aber wenn man so gar nichts wusste?

»Und in dem Brief …?«, fragte sie, doch Wally schüttelte nur stumm den Kopf.

In diesem Moment polterten die Zwillinge durch die Tür, sie steckten beide schon im Pyjama und hatten Lutscher im Mund.

»Wir kommen nur schnell auf eine Geschichte«, sagte Robin.

»Ja, genau«, echote Sina. »Auf eine Geschichte.«

»Ich glaube, das klappt heute nicht«, erklärte Lisanne, zog die beiden zu sich und legte jeweils einen Arm um sie.

»Wer weiß«, sagte Jakob und grinste. »Eine Möglichkeit gäbe es nämlich tatsächlich noch, Wallys Vater zu finden.« Schlagartig genoss er die Aufmerksamkeit aller Anwesenden. »Die Idee ist ein wenig verrückt, aber simpel.«

Er machte eine Kunstpause und wandte sich an Wally.

»Bis jetzt sind all deine Geschichten wahr geworden«, fuhr er fort. »Also erzählst du einfach noch eine, die von deinem Vater handelt. Und ihn genau hierherbringt, zu dir.«

»Wie bitte?«, fragte Wally verblüfft.

»Deine Geschichten sind super«, rief Sina, und Robin nickte.

»Das ist doch verrückt«, schimpfte Lisanne.

Nur Wally sagte gar nichts mehr und war so stumm wie ein Fisch. Sie besaß nicht das kleinste Lebenszeichen ihres Vaters, weder einen Namen noch ein Foto. Und wenn ihre Mutter tatsächlich nicht mehr lebte (wovon sie ausging, denn warum sollte Frau Schilling lügen?), war auch die letzte Möglichkeit, jemals etwas über ihn in Erfahrung zu bringen, verloren. Niemals würde sie ihm gegenüberstehen, nie sein Lachen hören, nie wissen, wer er war. Er konnte an der Ampel neben ihr oder im Supermarkt an der gleichen Kasse stehen, und sie würde ihn nicht erkennen. Vielleicht spürte sie einen kurzen Luftzug, den Flügelschlag eines besonderen Augenblicks, vielleicht riefen ihr kleine Schicksalsgeister zu: »Dreh dich um, der dort ist dein Vater«, doch sie würde die leisen Rufe nicht wahrnehmen, über die Straße gehen, ihren Einkauf bezahlen und der fremde Unbekannte seiner eigenen Wege gehen. Sie hatte nicht die geringste Chance, ihn jemals zu finden, sein Name stand in keinen Registern, sie war ein Klappenkind, ihre Mutter lebte nicht mehr, es gab überhaupt keine Möglichkeit, außer …

Sie nickte. Ganz vorsichtig zuerst, dann etwas mutiger. »Es ist zumindest eine Idee«, sagte sie leise. »Es müsste eine gewaltige Geschichte sein und äußerst gut überlegt, aber einen Versuch wäre es wert. Morgen Abend?«

Die Zwillinge strahlten, Jakob grinste, und Lisanne seufzte. Doch das verhallte ungehört, denn die Atmosphäre war geladen, und über dem Gerümpel auf dem Speicher lag eine seltsame Spannung, die die Luft zum Knistern brachte.

Vater gesucht!

Wally, Jakob und Lisanne waren schon am Nachmittag auf den Dachboden gestiegen. In den Sonnenstrahlen, die durch Fenster und Ritzen fielen, tanzte der Staub.

»Wir stellen das einfach ein bisschen um«, sagte Jakob und schob seine Staffelei noch ein wenig näher an die Dachluke. »Und dann brauchen wir unbedingt noch einen gemütlichen Platz zum Sitzen.«

Wally und Lisanne stromerten bereits durch die Tiefen des Speichers, drückten sich an alten Schränken und Koffern vorbei, verschoben Kisten und schauten hinter Stellwände aus Sperrholz. Sie fanden einen klapprigen Holzstuhl und entdeckten eine Hollywoodschaukel, die leider so verbeult und zerrissen aussah, dass die Mädchen den Kopf schüttelten.

»Hier, sieh mal«, rief Wally plötzlich und deutete auf ein rotes Sofa. Es war nicht besonders groß und der Samtbezug an einigen Stellen schon mächtig verschlissen, doch das machte nichts, Sofa war Sofa.

»Super!«, jubelte Lisanne, und dann riefen sie Jakob, der ihnen helfen musste, einen Weg frei zu schaufeln und das Ding zum Fenster zu bugsieren.

Auch einen kleinen Tisch fanden sie noch. »Zum Füßedrauf-
legen«, wie Wally sagte, und ein Schränkchen, in dem sie Limonade und Cracker deponieren wollte, vielleicht konnte man aus
der Küche etwas mitgehen lassen …

Jakob lachte. »Das müssen wir gar nicht. Ich bekomme von
meinem Onkel Taschengeld«, sagte er. »Wir können das Zeug
auch kaufen.«

Wally blickte ihn aus neidvollen Augen an. Jakob hatte einen
Onkel, und er bekam Taschengeld. Natürlich bekam sie auch
etwas, wie jeder hier in St. Quentin, aber das waren nur ein paar
Euro im Monat.

»Brauchen wir noch mehr Licht?«, fragte Lisanne, doch Wally
und Jakob schüttelten einhellig die Köpfe. Nein, die Glühbirnen
reichten aus, die leicht schummrige Atmosphäre schien irgendwie passend.

Das Sofa fand seinen Platz neben der Staffelei, und Wally
klopfte den Staub aus den Polstern. Lisanne trat ans Fenster
und warf einen Blick über die Dächer. »Werden die Zwillinge
auch dabei sein?«, fragte sie.

»Darauf verwette ich meine CD-Sammlung«, erwiderte Jakob. Er hatte mit ihnen gesprochen und sie vor dem zu erwar-
tenden Schlafmangel gewarnt.

»Wir schlafen in der Schule, versprochen«, hatte Robin mit
ernster Miene geantwortet, und Sina hatte es sogar geschworen.

»Mich interessiert viel mehr, was Wally erzählen wird«, sagte
Jakob.

Ja, das war natürlich die entscheidende Frage, und Wally hatte bereits begriffen, dass es keine leichte Sache werden würde.
Schließlich wusste sie nicht, wer ihr Vater war oder wie er hieß,

und deshalb konnte sie eigentlich nur ins Blaue hinein fabulieren.

»Auf alle Fälle musst du malen, das inspiriert mich«, erwiderte sie, und Jakob bedankte sich mit einem Lächeln und freute sich, dass Wally das gesagt hatte.

Dann schwieg Wally. Sie schloss die Augen, kuschelte sich ins Sofa und zerbrach sich den Kopf, wie sie mit ihrer Geschichte anfangen und was sie erzählen sollte. Sie musste die Handlung Stück für Stück zusammenbauen – wie ein Baumhaus. Baumhäuser baute man Brett für Brett, und zu einem Großteil war man selbst dafür verantwortlich, wie das Ding später aussah. Unterschiedliche Kinder bauten unterschiedliche Baumhäuser, jedenfalls hatte Wally noch nie zwei gleiche gesehen, und das war schon auffällig.

Vielleicht funktionierte das mit der Wirklichkeit genauso. Man war selbst verantwortlich für das, was man erlebte und für das, was man erleben wollte. Also würde auch sie ein Baumhaus bauen, aber nicht Brett für Brett, sondern Wort für Wort, und es lag zu einem wesentlichen Teil in ihrer Hand, wie das Ergebnis aussah. Mit stolzgeschwellter Brust sprang sie vom Sofa.

»Ich muss noch mal ernsthaft darüber nachdenken«, sagte sie, grinste Lisanne und Jakob an und verschwand.

Es war kurz nach zehn, als die Freunde durch die düsteren Flure auf den Dachboden schlichen. Die Kleinen hielten sich an den Händen und waren so nervös wie sonst nur an Weihnachten. Sie kuschelten sich neben Lisanne aufs Sofa, Jakob stellte sich an die Staffelei, und Wally setzte sich auf den wackeligen Holzstuhl.

Niemand sprach auch nur ein Wort, die Glühbirnen summten aufgeregt vor sich hin, und die Atmosphäre war zum Zerreißen gespannt.

Wally wartete, bis Jakob seine Farben angerührt hatte und die ersten Pinselstriche über die Leinwand glitten wie schnelle Motorboote, hell blendendes Beige und geschwungenes Gelb vor sattem Blau, weiche Wellen am Sandstrand, eine Küste am Meer …

»Irgendwo auf dieser Welt«, begann Wally mit leiser Stimme, »irgendwo in Europa gibt es einen Ort am Meer mit weitem Blick über die Küsten. Mitten in diesem Ort steht ein weiß gekalktes Haus mit Blumentöpfen und bunten Markisen und einem Schild über der Tür, wie es nur Hotels haben. Vielleicht liegt das Dorf in Italien, in Kroatien oder Griechenland, das wissen nur seine Bewohner und der Mann, der in dem weiß gekalkten Haus seine Nächte verbringt. Die ersten Sonnenstrahlen wärmen die kleinen Gassen, die Fischer kommen mit ihren Booten bereits vom Meer zurück, da wacht der Mann auf – es ist mein Vater – und wirft einen Blick aus dem Fenster zum Hafen hinunter, wo die Fischer ihren Fang begutachten, lachen und scherzen.

Etwas ist seltsam heute, das merkt mein Vater sofort, denn obwohl er gut und lange geschlafen hat, ist er unkonzentriert und fühlt sich matt, als quäle ihn eine längst vergessene Erinnerung, ein seltsamer nächtlicher Traum oder eine vage Idee. Eine hübsche Frau erscheint vor seinem inneren Auge, taucht aus seinen Gedanken und den seltsamen Träumen einer unruhigen Nacht auf. Sie hat kurze braune Haare, eine spitze Nase und ein Kind im Arm, gerade mal einen Tag alt oder auch nur ein paar

Stunden. Es trägt ein Goldkettchen um den Hals, und es ist sein Kind, sein eigen Fleisch und Blut.

›Ich sollte mich auf den Weg machen‹, sagt er leise, und in diesem Moment weiß er, dass er eine Aufgabe hat. Er packt seine Koffer, verzichtet auf das Frühstück und begleicht die Rechnung, schüttelt der Wirtin die Hand und eilt durch die Straßen zu seinem Auto.

Der Mann wuchtet die Taschen in den Kofferraum und startet den Motor. Die Fischer rufen ihm noch etwas nach, und der Postbote winkt, doch all das bemerkt mein Vater nicht mehr, er tritt aufs Gas, verlässt die Ortschaft und nimmt die Schnellstraße in Richtung Norden, in Richtung Österreich und Deutschland.«

Wally lehnte sich zurück, der Anfang war geschafft. Sie hatte schweißnasse Hände, und gleichzeitig bibberte sie vor Kälte, unglaublich, wie anstrengend das war.

»Da ist ja nicht viel passiert«, maulte Robin, und Sina nickte.

»Echt nicht, ein Mann wacht auf und steigt in sein Auto.«

Jakob grinste und legte den Pinsel beiseite. »Ich fand es gut, und jetzt ist er auf dem Weg. Das wird spannend.«

»Bleibt auf dem Teppich, Leute«, beschwichtigte Lisanne ihre Freunde. »Das ist ein Spiel und kann gar nicht funktionieren. Ich glaub da einfach nicht dran. Aber der Anfang war schon mal ganz gut.«

»Mensch, Lisanne«, knurrte Jakob. »Das wird passieren!«

»Klar«, erwiderte Lisanne. »Hunderte Reisende machen sich morgen auf den Weg nach Deutschland, von irgendeinem Küstenstädtchen aus. Wir haben Sommer, und überall sind Touristen unterwegs, das ist ganz normal.«

Wally nickte und stopfte eine Handvoll Kekse in sich hinein. »Aber nur einer von diesen Touristen ist mein Vater. Also … theoretisch.«

»Ihr werdet sehen – morgen geht's los«, sagte Jakob, räumte Pinsel und Farben auf, scheuchte die Anwesenden von ihren Sitzgelegenheiten und löschte das Licht.

Und Jakob sollte recht behalten: In einem kleinen Fischerort in der Nähe von Pisa (dort, wo der Schiefe Turm schon so schief ist, dass er fast den Boden küsst) erstrahlten am nächsten Morgen die kleinen, verwinkelten Gassen im Glanz der frühen Sonne. Die Fischer kamen vom Meer herein und weckten mit ihrem Rufen und Lachen die wenigen Langschläfer des Ortes. Nachtschwärmer, die lange aufgeblieben waren, und müde Reisende, die wenigen Touristen, die es hierher verschlug.

In einem kleinen, weiß gekalkten Hotel wühlte sich ein gut aussehender Mann aus seinem Bett, er hatte dunkle Locken und einen Dreitagebart, in dem ein Lächeln sicher gut ausgesehen hätte. Doch der Mann lächelte nicht, er hatte starke Kopfschmerzen und fühlte sich unwohl, vielleicht war ein schlechter Traum daran schuld oder das Gefühl von Einsamkeit, das ihn immer überkam, wenn er auf Reisen war.

In einem Zahnputzglas löste er eine Kopfschmerztablette auf, spülte das sprudelnde Getränk hinunter und trat ans Fenster, sah hinunter zum Hafen, wo die Fischer lachten und Scherze machten. Dann griff er nach seiner Brieftasche und zog ein Foto hervor, es war schon ein wenig abgenutzt, an den Rändern vergilbt und eingerissen, und zeigte eine schöne Frau mit spitzer Nase und einem Kind auf dem Arm. Das Kind war nicht älter als ein paar Stunden, Tage vielleicht und trug ein Goldkettchen um den Hals. Und es war sein Kind, sein eigen Fleisch und Blut.

»Es wird höchste Zeit, dass ich mich auf den Weg mache«, murmelte er, packte seine Sachen und verließ das Hotel, ohne zu frühstücken. Er drückte der Wirtin noch die Hand und bedankte sich für den Aufenthalt, dann marschierte er zu seinem Auto, warf seine Taschen hinein und folgte dem Weg zur Schnellstraße in Richtung Norden, Österreich und dann Deutschland.

Jede Menge Aufmerksamkeit

Malle schlenderte über den Rasen von St. Quentin und zertrat Schnecken. Nicht dass ihm das besonders viel Spaß gemacht hätte, ihm war einfach nur langweilig. Trischa und Nuriel waren shoppen, sein Fußballtraining war ausgefallen, und in St. Quentin steppte nicht gerade der Bär: Die meisten Kinder saßen über ihren Hausaufgaben oder am Computer, und die anderen Kinder interessierten Malle nicht sonderlich. Malle tauchte unter einer Hecke hindurch und marschierte zum Fußballfeld hinüber, als er plötzlich zusammenzuckte und abrupt stehen blieb.

Dort vorne trainierte jemand, und wenn ihn nicht alles täuschte, war das Jakob. Seltsam, der hatte noch nie irgendwo mitgespielt, in keinem Verein und keiner Schulmannschaft, aber das sah gar nicht so schlecht aus, was er da machte. Verschleimter Mist, der konnte auch noch Fußball spielen, dieser Dreckskerl!

Malle zog sich in den Schutz der Hecken zurück, biss auf seiner Unterlippe herum und beobachtete Jakobs einsames Training, so lange, bis er vor Wut schäumte und sein Blut vor Zorn kochte. Malle hatte Jakob noch nie gemocht, der Typ sah gut aus und hatte diesen Blick ins Leere, der bei Mädchen echt gut ankam. Diese Ich-seh-durch-dich-hindurch-Augen, mit denen er auch durch Malle hindurchguckte, als ob genau hinter ihm etwas passierte, etwas, das wichtiger war als er selbst. Ein cooler Kerl, dieser Jakob, arrogant und selbstherrlich, das hatte Malle gleich gespürt und insgeheim gehofft, dass sie vielleicht Freunde werden könnten. Denn cool und arrogant war er auch, die Muskelpakete unter seinem T-Shirt verschafften ihm Respekt, er hatte eine große Klappe und keine Angst, vor nichts und niemandem. Doch Jakob hatte ihn nicht beachtet, weder mit ihm gesprochen, noch auf seine Fragen geantwortet. Der hielt sich tatsächlich für etwas Besseres, ein arroganter Affe mit einem Hang zu dicken Büchern. Im Laufe der Zeit hatte Malle verstanden, dass der Typ einfach keine Gesellschaft wollte, und sein Zorn war verraucht. Er selbst hatte schnell Freunde gefunden. Trischa und Nuriel verbrachten jede freie Minute mit ihm, und das war eine hohe Auszeichnung. Schließlich waren die beiden die hübschesten Mädchen in St. Quentin und er ihr Beschützer, der tolle Kerl mit den vielen Muskeln, der Held beim Fußball, der Junge mit den fiesen Sprüchen.

Doch seit ein paar Tagen nagte die alte Eifersucht an ihm. Auf Jakob, der plötzlich Freunde gefunden hatte, im Speisesaal nicht mehr alleine saß, mit anderen redete und auf deren Fragen auch antwortete. Zugegeben, Jakobs Anhängerschaft war unter aller Kanone: die Stelzenprinzessin in den kurzen Röcken und die Neue, die zwar ganz nett war, aber so bieder aussah wie das Wohnzimmer seiner Urgroßmutter.

Nicht zu vergessen die Zwillinge, die mit ihren sieben Jahren das Niveau der Gruppe deutlich senkten. Aber dennoch …

Die alte Wut war auf einmal wieder da, ihn hatte Jakob keines Blickes gewürdigt, und mit diesen Vogelscheuchen sprach er, scharte sie um sich wie ein Bettelprinz seine Lumpengarde, und dann spielte er plötzlich auch noch Fußball, trainierte heimlich und würde Malle ins Hintertreffen geraten lassen, wenn er plötzlich im Fußballklub auftauchen würde. Dann konnte Jakob ihn ohne Weiteres von heute auf morgen abservieren. Das traute er ihm durchaus zu, diesem verlogenen Schweinehund. Aber das würde Malle nicht zulassen, diesem Witzbold musste er das Handwerk legen, je schneller, desto besser.

In Gedanken versunken trat er den Rückweg an, marschierte durch die Eingangshalle von St. Quentin und weiter durch die Flure. Jakobs neue Freunde gingen ihm nicht aus dem Kopf, eine seltsame Gruppe, die sich irgendwelche Geschichten erzählte. Sein Gesicht verzog sich zu einem bösen Grinsen, ein schöner Spaß war das gewesen mit den Zwillingen nachts auf dem Flur. Und welch prima Einfall, die Story nachzuspielen, mit einem scharf gewürzten Würstchen und zwei Eimern Wasser.

»Mich gruselt«, hatte Sina gestammelt und sich an ihren Bruder geklammert. »Das kommt von den Geschichten«, hatte Robin gesagt, »und davon, dass alle wahr werden. Hoffentlich diese nicht auch noch, sonst bekommt Wally einen Herzinfarkt.«

Diese wunderbare Aussicht hatte ihn und seine Freundinnen dazu verleitet, noch ein wenig zuzuhören und das kleine Theaterstück beim Sportfest aufzuführen, ein wirklich gelungener Spaß!

Malle blieb stehen, riss die Augen auf und sog kaum hörbar die Luft ein. Was hatte dieser Zwergenzwilling noch gesagt?

»Das kommt von den Geschichten«, hatte Robin gemeint, »und davon, dass alle wahr werden.«

Alle? Was sollte das heißen, was meinten die Kinder damit? Seltsamerweise war ihm das gar nicht aufgefallen an jenem Abend, aber die Zwillinge hatten offenbar Anhaltspunkte dafür, dass bestimmte Geschichten Wirklichkeit wurden.

Malle roch Morgenluft, den frischen Wind einer Entdeckung, den Duft eines gigantischen Geheimnisses. Schnell stieg er in den dritten Stock hinauf und marschierte durch den Flur. Von hier waren die Zwillinge in der Nacht gekommen, hatten sich ganz in der Nähe vermutlich mit dem Rest der seltsamen Gruppe getroffen, so genau erinnerte er sich nicht, aber ungefähr dort waren sie aus einem der Zimmer getreten. Erstaunt starrte Malle auf die Mauern und Fenster, doch auf dieser Seite gab es gar keine Zimmer. Aufgeregt schritt er die Wände ab, guckte hinter Säulen und Vorhänge, und endlich hatte er gefunden, was er suchte: ein kleines Holzgatter, mit einer Wendeltreppe, die auf den Dachboden führte. Leise pfiff er durch die Zähne, griff nach seinem Handy und rief Trischa an.

Im Frisiersalon von Hakan war es rappelvoll, der Laden brummte. Wally saß auf der Couch, schüttete Unmengen von Salbeitee in sich hinein und hielt die Kundschaft in Atem. »Und deshalb weiß ich, dass ich Geschichten erzählen kann, die wahr werden!«, schloss sie ihren Bericht. Im Salon war es ganz still geworden, und alle starrten sie an. Sogar Hakan hatte aufgehört, mit seiner Schere zu klappern, regungslos und wie eingefroren stand er neben seinem Frisierstuhl und starrte Wally an, als hätte er eine Erscheinung.

»Mensch, Mädchen, das ist ja ganz unglaublich«, sagte er endlich, strahlte übers ganze Gesicht und lachte sein glucksendes Lachen. Die Anspannung im Frisiersalon löste sich, auch die Kunden waren begeistert, und einige applaudierten sogar.

Wally grinste, sie hatte gewusst, dass Hakan sich über ihre Erlebnisse freuen würde, deshalb mochte sie ihn ja so gern. Nie zog er seine Stirn in Falten, zweifelte etwas an oder wusste es besser. Was man ihm erzählte, galt. Ob es nun die volle Wahrheit war, eine kleine Schummelei oder einfach eine seltsame Geschichte wie die, die Wally eben zum Besten gegeben hatte. Hakan nahm alle Menschen ernst. Vielleicht kamen die Leute deshalb so gerne zu ihm und ließen sich die Haare lediglich einen Zentimeter kürzen, damit sie in zwei Wochen wiederkommen konnten. Und während sie auf ihren auf- und abfahrbaren Stühlen saßen (Hakan pumpte seine Kunden mit einem lässigen Fußdruck mal nach oben, mal nach unten), erzählten sie Dinge aus ihrem Leben, besprachen das mickrige Wachstum ihrer Geranien, die Schulnoten der Kinder und die Misserfolge im Beruf. Und wenn die Haare dann runter waren, fühlten sich die Kunden leichter, wie von einer Last befreit, und wunderten sich, was so ein kleiner Zentimeter doch an Gewicht ausmachen konnte.

Aber Wally wusste es besser: Die Leute waren ihre Sorgen los und hatten sie bei Hakan gelassen, der sie mit ihren Haaren am Ende eines Tages vom Boden fegte.

»Wenn du über solch eine Kunst verfügst«, sagte nun ein älterer Herr, der auf seine Rasur wartete, »was wirst du damit machen?« Er blickte Wally neugierig an und blinzelte verschmitzt mit den Augen.

»Ich werde meinen Vater suchen«, erklärte Wally, und noch einmal wurde es für zehn Sekunden ganz still in dem kleinen Laden. Und dann ließen sich die Kunden haarklein berichten, was Wally vorhatte, wie sie die Sache angehen wollte und was sie sich im Ergebnis erhoffte.

»Nur ganz wenig schneiden«, sagte eine dauergewellte Frau. »Ich möchte in den nächsten Tagen wiederkommen, ich will schließlich wissen, wie es weitergeht.«

Andere lachten, und wieder andere verzichteten ganz auf ihren Schnitt und ließen sich gleich für übermorgen einen neuen Termin geben.

»Du bist sehr geschäftsfördernd«, freute sich Hakan und stellte Wally eine frische Kanne Tee vor die Nase.

Was ihn allerdings noch mehr freute als sein Geschäft oder Wallys neu entdecktes Talent, war die Tatsache, dass das Mädchen offenbar Freunde gefunden hatte. Sie selbst schien das noch gar nicht bemerkt zu haben, aber das machte nichts. Sie war nicht mehr allein an langen Abenden und in einsamen Nächten, und das machte Hakan froh. Deshalb hatte er gelacht und Wally gleich auch noch eine zweite Kanne Tee angeboten. Das Leben war schön, und das musste man feiern.

Auf dem Dachboden brannte bereits Licht, als Wally sich auf den Weg machte, um den nächsten Teil ihrer Geschichte zu erzählen. Ihre Freunde waren längst da, saßen auf dem roten Sofa, sahen Jakob beim Malen zu, stopften sich Chips in den Mund und quatschten.

»Da bist du ja endlich«, sagte Sina seufzend, und Robin grinste.

Lisanne lächelte. »Ich glaube zwar nicht an diese Geschichten, bin aber auch schon mächtig gespannt auf die Fortsetzung.«

Wally ließ sich auf den wackeligen Stuhl fallen und seufzte. »Na, dann gucken wir mal«, sagte sie, warf einen Blick auf Jakobs Gemälde und verstummte. Diesmal hatte sich Jakob an Wallys Geschichte orientiert, lange Straßen wanden sich in wilden Serpentinen den Berg hinauf, die bunten Punkte glitzernder Autos glitten wie Schuppen einer Schlange himmelwärts, an wildem Gestein vorbei ins Nichts …

»Nun sitzt mein Vater also im Auto«, fuhr Wally fort. »Er fährt wie der Teufel mit offenen Fenstern, der Fahrtwind vertreibt langsam den Kopfschmerz. Auf der Autobahn kommt er gut voran, er hat das Bild der Frau mit dem Kind vor Augen, das ihn beschäftigt und quält, und auch wenn er nicht genau weiß, was es bedeutet, er will heute noch über die Grenzen, vor Einbruch der Nacht am Ziel der Reise ankommen. Vor ihm erheben sich nun die Berge, grüne Hügel, die zu gewaltigen Felsmassiven werden. Er tritt aufs Gas und jagt seinen Wagen über die Serpentinen, windet sich Schleife um Schleife den Bergpass hinauf und dann wieder nach unten, reiht sich ein in die Wagenkolonne des Rückreiseverkehrs und fährt weiter über Autobahnen und durch Tunnels. Mein Vater überquert die Bergkette und die Grenze zu Deutschland. Er erreicht eine Kleinstadt, unweit der Alpen, fährt an Schwimmbädern und einer Burgruine vorbei, Sesselliften und einer Sprungschanze …«

Wally stoppte, sie hatte Geräusche gehört. Und auch ihre Freunde saßen auf einmal wie erstarrt auf dem Sofa. Leises Gemurmel und dann – oh Gott, wie konnte das sein? – laute Schritte auf der Treppe, die näher und näher kamen.

»Versteckt euch«, zischte Lisanne, zog Robin und Sina vom Sofa und verschwand mit ihnen in den Tiefen des Speichers. »Erzähl weiter«, befahl Jakob, sprang zum Lichtschalter, und ehe Wally sich versah, war sie von nachtschwarzer Dunkelheit umgeben. »Hol deinen Vater von der Straße runter, los!«

Wally krabbelte unter den Tisch, auf dem sich Jakobs Farbtuben stapelten, und kroch von dort weiter nach hinten. Sie knallte mit dem Kopf gegen einen alten Schemel, riss sich an einer Holzplatte die Hand auf und fand Schutz unter einer Matratze, die verkeilt inmitten der Möbel lag.

»Mein Vater ist gerade an diesem Ort vorbeigefahren, da beginnt plötzlich der Motor zu stottern«, murmelte sie. »Sein Auto bleibt liegen, wird abgeschleppt, und die Reparatur dauert mindestens zwei Tage. Also nimmt er sich erneut ein Hotelzimmer, genau in diesem Dorf ...«

Die Tür zum Dachboden sprang auf, der Lichtschalter wurde betätigt, und die grell scheppernde Stimme von Mona Windhart fegte durch den Raum. »Also doch«, konstatierte sie. »Das sieht aus wie der Treffpunkt einer Handvoll Kinder. Wenn ich die erwische!«

»Mir gefällt diese Petzerei nicht!« Das war die Stimme von Frau Schilling, und Wally zuckte zusammen. Du meine Güte, wenn auch die Heimleiterin auf ihren Schlaf verzichtete, war die Sache ernst.

»Wie auch immer«, konterte Mona, und ihr freudloses Lachen erinnerte an die Fehlzündung eines motorbetriebenen Rasenmähers. »Wir schließen einfach unten die Tür, dann hat sich das.«

»Aber bitte erst morgen«, erwiderte Frau Schilling, das Licht erlosch, und für einen kurzen Augenblick hatte Wally das Gefühl, dass Frau Schilling ahnte, dass die sogenannte Handvoll Kinder noch hier oben war, versteckt hinter Brettern, Leiterwagen und Regalen.

»Ganz wie Sie wünschen«, keifte die Windhart, und die Schritte entfernten sich. Die Freunde warteten ein paar Minuten, dann krabbelten sie aus ihren Verstecken hervor. Die gute Laune war dahin, mit hängenden Köpfen schlichen sie die Treppe hinunter und machten sich schweigend auf den Weg in ihre Betten.

Die Welt der Wirklichkeit

»Wie bekloppt darf man eigentlich sein?«, fauchte Trischa. Sie saß auf ihrem Bett und schleuderte in ohnmächtiger Wut Dartpfeile gegen ihre Zimmertür. Malle war doch wirklich ein Esel, ein dämlicher Trottel mit dem Hirn einer Filzlaus und blöd wie ein Pfannkuchen. Ein Mal in seinem Leben hatte dieser Muskelprotz einen Geistesblitz und herausgefunden, dass diese seltsamen Kinder glaubten, Geschichten erzählen zu können, die wahr wurden. Aber nicht nur eine, sondern Hunderte, vielleicht Tausende. Glücklicherweise entdeckte Malle auch noch ihr Geheimquartier, doch weil Trischa telefonisch nicht erreichbar war, hatte er prompt Mona Windhart eingeweiht. Genau das war Malles Problem: Er konnte einfach nichts für sich behalten, musste immer quatschen und jede Entdeckung teilen, ganz egal mit wem. Natürlich hatte Mona das Versteck gefunden und würde es auf der Stelle verrammeln und verriegeln, für immer und ewig. Vorbei also die wunderbare Gelegenheit, diese kleinen Aasgeier zu belauschen, vertan die Chance, herauszufinden, was diese ganze seltsame Sache wohl bedeuten mochte. Geschichten, die wahr wurden …

Nun, das schien absurd, aber auch Trischa war davon überzeugt, dass zumindest Wally ein Geheimnis hütete, und zwar ein gewaltiges.

Trischa stellte sich vor den Spiegel und kämmte mit hartem, wütendem Strich durch ihre langen blonden Haare. Wally war schon immer merkwürdig und für ihre blühende Fantasie bekannt. Was hatte sie damals behauptet? Wie die heilige Walburga von einem Waisenkind zur Königstochter zu mutieren. Aber das war lange her, und ernst genommen hatte das sowieso niemand.

Diesmal aber lag die Sache anders: Die unscheinbare, hässliche Wally, die noch nie in ihrem Leben Freunde gehabt hatte, scharte plötzlich einen ganzen Hofstaat um sich, sogar die Neue hatte sie in ihren Bann gezogen. Dabei hatte sie ihr vorher die Freundschaft angeboten. Unfassbar! Und auch das Heimpersonal, allen voran Mona Windhart, kroch auf einmal vor Wally zu Kreuze, verzichtete auf Höchststrafen und buk Schokokuchen. Trischa hätte ihr letztes Hemd dafür gegeben zu erfahren, über welch seltsame Gabe Wally plötzlich verfügte, dass sie Menschen derart manipulieren und beeinflussen konnte.

Bis jetzt war das Trischas Domäne gewesen, schließlich sah sie rasend gut aus, beherrschte die Kunst der Intrige und hatte zwei Freunde, die ihr treu ergeben waren. Aber Wally? Sie war hässlich wie die Nacht, kein bisschen charmant und hatte niemals auch nur einen einzigen Freund gehabt – und plötzlich tanzten alle um sie herum.

Irgendetwas war da passiert, vielleicht besuchte sie ein Seminar zum Thema Manipulation, erhielt eine spezielle Schulung, oder eine besondere Macht hatte von ihr Besitz ergriffen. Aber Trischa würde nicht ruhen, bis sie es herausgefunden hatte.

Sie presste die Lippen aufeinander und dachte für einen kurzen Moment an Julio, den coolen Typen aus der Neunten. Wenn der über den Schulhof spazierte, verstummten alle Gespräche, und die Menschen verglühten in seinem Blick. Trischa übersah er leider regelmäßig, obwohl sie stets die auffälligsten Klamotten trug, ihre Freunde um sie herumwieselten und ihr Handy permanent klingelte. Dennoch hatte sie bei Julio keine Chance, nicht die geringste.

Umso wichtiger war es, an Wallys Geheimnis heranzukommen. Offenbar beherrschte sie eine Kunst, die Menschen auf sie aufmerksam und von ihr abhängig machten.

Und wenn sie tatsächlich Geschichten erzählte, die wahr wurden? Aber nein, das war völliger Quatsch, es musste eine andere Erklärung geben. Nun, Trischa würde schon noch dahinterkommen, das war nur eine Frage der Zeit. Sie schlüpfte in ihr Nachthemd, stieg ins Bett und schlief sofort ein.

Dass am nächsten Morgen die Tür zum Dachboden verschlossen wurde, war aber nicht nur für Trischa Taler eine furchtbare Katastrophe.

Wally saß beim Frühstück, hatte Ringe unter den Augen und raufte sich die Haare. Nicht mal der Duft von gebratenen Eiern mit Speck konnte sie aufheitern »Was soll denn nun werden?«, fragte sie die anderen.

»Wir suchen uns einen anderen Ort«, sagte Lisanne, aber in St. Quentin gab es kaum einen Platz, an dem es nicht vor Kindern wimmelte oder Mona Windhart plötzlich auftauchen konnte. »Dann gehen wir eben in mein Zimmer«, sagte Jakob, aber erstens waren die Schlafzimmer fast aller Kinder so klein wie Schuhschachteln, und zweitens waren Zusammenkünfte in den eigenen Räumen nach neun Uhr strikt verboten.

»Und Jakobs Malsachen sind alle noch oben«, sagte Wally und seufzte.

»Na, wenigstens hast du deinen Vater von der Straße geholt«, wisperte Jakob und grinste. »Der wäre sonst tagelang Richtung Norden gefahren und irgendwann ins Meer geplumpst.«

Wally lachte, das erste Mal an diesem Morgen. »Dafür sitzt er nun in einem Dorf am Rande der Alpen fest«, entgegnete sie.

»Was macht er in dem Dorf?«, fragte Robin.

»Er wartet darauf, dass sein Auto repariert wird«, sagte Wally. »Oder dass ich weitererzähle, aber das geht ja grad nicht.«

Lisanne verdrehte die Augen. »Es macht mir Sorgen, dass ihr das so ernst nehmt. Ich glaube nicht, dass Wallys Erzählungen diesen Mann von Süd nach Nord ziehen wie eine Marionette, aber auf mich hört ja niemand.«

In diesem Moment rauschte Mona Windhart in den Speisesaal, ein Feuer speiender Drache, der mit giftigem Atem jedes schöne Gefühl erstickte. Die meisten Kinder zuckten schon bei ihrem bloßen Anblick zusammen, doch heute war das ganz unnötig, denn Mona steuerte zielsicher auf Wally zu.

»Wie du sehen kannst, bin ich meine Krücken los«, fauchte sie, deutete auf ihren einbandagierten Knöchel, und Wally nickte stumm.

»Aber ich weiß, wem ich dieses Desaster zu verdanken habe. Ich mache dir ein Geschenk, und du kleine, undankbare Hexe stellst mir ein Bein ...«

»Aber ...«, wagte Wally zu sagen, doch Mona war schneller. Ihre Worte knallten wie Schüsse, und das Mündungsfeuer ihrer

Angriffe explodierte in beißendem Spott. »Höchststrafe, fünf Wochen lang. Spüldienst, Schweinestall ausmisten, Waschküche, jeden Abend von sechs bis acht Uhr. Und wage es nicht, dich zu drücken!«

Die Windhart rauschte davon, und die Gesichter der anderen Kinder glühten vor Schadenfreude. Die Stelzenprinzessin hatte mal wieder Ärger, das geschah ihr recht. Wenn sie sich dermaßen einschleimte, dass man ihr sogar Geschenke machte, hatte sie nichts anderes verdient.

Wally sackte in sich zusammen wie ein leerer Sack Kartoffeln. »Das steh ich nicht durch«, stöhnte sie. »Fünf Wochen Dreckwäsche, matschige Essensreste auf den Tellern und Schweine. Der Dachboden ist auch noch verriegelt, und mein Vater sitzt in irgendeinem Bergdorf ...«

»... und genau dorthin sollten wir fahren«, sagte Jakob, lehnte sich über den Tisch, und seine schmalen Wangen glühten vor Aufregung. »Wir finden heraus, wo dieser Ort liegt, und steigen in den Zug. Morgen ist Samstag, und wir haben keine Schule.«

»Und ich habe Freunde, die verrückt sind, total ballaballa und völlig durchgeknallt«, stöhnte Lisanne. »Hilfe!«

Während sie das sagte, schmissen sich Robin und Sina weg vor Lachen.

Aber auch Wally war skeptisch. »Es gibt tausend Orte an der Grenze zu Österreich, in diesen Orten Dutzende von Werkstätten und Hotels, und wir haben keinen Namen, keinen Anhaltspunkt, nichts.«

»Aber wir haben Wochenende«, entgegnete Jakob. »Onkel Achim hat keine Zeit, der Speicher mit meinen Farben ist verschlossen, mein Bein schmerzt, und auf Wally kommen harte

Zeiten zu. Was spricht also gegen ein wenig Abwechslung? Oder habt ihr etwas anderes vor, irgendwelche Abenteuer oder Verabredungen?«

Nein, das hatten sie nicht, ganz im Gegenteil. Lisanne dachte an ihre Mutter und Herrn August, und Wally schüttelte einfach nur den Kopf.

»Also, dann wäre das abgemacht?«, hakte Jakob nach, stand auf, ging in die Bibliothek, und als er zurückkam, brachte er eine Straßenkarte mit. »Dann wollen wir doch mal sehen«, sagte er, räumte die Teller ab und breitete das monströse Ding auf dem Tisch aus.

»Der Ort liegt in Deutschland, so viel steht fest«, sagte Jakob und grinste. »Er befindet sich in den Bergen kurz vor der österreichischen Grenze.« Mit dem Zeigefinger tippte er auf eine Vielzahl gelber und roter Punkte am Alpenrand und notierte die Namen der Ortschaften.

»In dem Dorf, das wir suchen, gibt es eine Burgruine, Schwimmbäder, Sessellifte und … eine Sprungschanze für den Wintersport! Solch ein Ort müsste doch zu finden sein.«

»Und wenn nicht, wissen wir wenigstens gleich, dass Wallys Geschichten Quatsch sind«, sagte Lisanne. »Schöner Quatsch natürlich«, fügte sie mit einem Seitenblick auf Wally hinzu.

Wally grinste. »Gut, dann schmeißt euch vor den Computer, oder bemüht eure Gehirnzellen. Treffpunkt heute Nachmittag bei mir im Zimmer, und dann sehen wir weiter.«

Der Vormittag schleppte sich dahin wie ein Rudel durstiger Kojoten durch die Wüste. Mathe, Biologie, Sport und endlich Deutsch, der einzige Lichtblick im grauen Allerlei. Das Fach schien auf den ersten Blick genauso langweilig wie alle anderen, aber der Lehrer, Herr Torkien, war äußerst beliebt. Er hatte dunkles, lockiges Haar und trug ein immerwährendes Lächeln. Außerdem riesige Schuhe, die so groß waren wie die Füße der Hobbits aus *Herr der Ringe*. Der Autor dieses Buches hieß Tolkien, und natürlich hatte es nicht allzu lange gedauert, bis irgendein Witzbold Herrn Torkien umgetauft hatte.

»Tolkien kommt«, rief ein Junge aus Wallys Klasse, sauste über das glatte Linoleum und ließ sich auf seinen Stuhl fallen. Doch die Ankündigung war unnötig, Tolkien hörte man schon auf hundert Meter Entfernung, und auch daran waren seine großen Füße schuld. Praktischerweise hatte Tolkien für den heutigen Tag eine Internetrecherche zum Thema »Buchbesprechungen« geplant, und während sich nun zwanzig Schüler in Rezensionen und Besprechungen von Preußlers *Krabat* vertieften, surften Wally und Lisanne in eigener Sache durchs Netz. Und es dauerte keine zwanzig Minuten, bis sie gefunden hatten, was sie suchten: einen kleinen Ort nahe der Grenze. Mit Schwimmbädern, Sesselliften und einer Sprungschanze.

»Zollhofen«, wisperte Wally.

»Zollhofen«, sagte auch Jakob, kaum dass er am Nachmittag Wallys Zimmer betreten hatte. Und die Zwillinge nickten.

Jakob hatte sogar schon ein Zugticket für fünf Personen gekauft und die Abfahrtszeiten herausgefunden. »Wenn wir um 8.34 Uhr morgen früh losfahren, sind wir am späten Vormittag da. Dann haben vielleicht auch noch Tankstellen oder Werkstätten offen, und wir können das Auto deines Vaters finden.«

»Und was sagen wir der Schilling?«, fragte Wally mit einem Blick auf die Zwillinge.

»Wir wollten schon immer mal in den Zoo«, sagte Robin, und Sina nickte. »Das erlaubt uns Frau Schilling sicher, wenn wir mit euch gehen.«

Wally kicherte, und selbst Lisanne musste lachen. »Na, dann kann ja nichts mehr schiefgehen.« Sie stockte und sah Jakob an. »Wegen dem Ticket, also ich habe nicht viel Geld …«

»Das geht schon in Ordnung«, fiel Jakob ihr einfach ins Wort. »Ich muss euch auch um etwas bitten. Mein Bein, also … ich kann, ähm, ich kann wahrscheinlich nicht so schnell laufen. In Zollhofen …«

»Mach dir keine Sorgen«, entgegnete Wally, und auch sie war Jakob einfach ins Wort gefallen. Schwierige Dinge zu besprechen kostete Überwindung, und das musste man nicht unnötig ausreizen. Zwei Sachen aber waren klar: Lisanne hatte keine Kohle und Jakob jede Menge Schmerzen. Dazu kamen die Zwillinge, auf die sie achten mussten wie auf ihre Augäpfel. Das konnte ein spannender Tag werden. Hoffentlich hielt Jakob durch, und vielleicht fanden sie in Zollhofen ja sogar ihren Vater, doch daran wagte sie nicht einmal zu denken.

In dieser Nacht konnte Wally lange nicht einschlafen. Sie freute sich auf morgen, und das lag nicht nur an der Sache mit ihrem Vater. Dies war ihr erster Ausflug mit Freunden, genau genommen ihre erste eigenständige Reise. Natürlich führte sie nicht nach Paris, auch nicht zum Südpol oder nach Amerika, aber es fühlte sich trotzdem großartig an, aufregend und berauschend. Sie konnten sich Lunchpakete machen lassen, und irgendwo hatte sie auch noch einen Vorrat an Schokolade. Ihre Gedanken schweiften plötzlich zu Lisanne. Ein eigenartiges Mädchen, das von Wallys Märchen nicht allzu viel hielt. Lisanne glaubte nicht daran, dass man Wirklichkeit erfinden konnte, aber dennoch war sie dabei, kümmerte sich rührend um die Zwillinge und hatte die Internetrecherche heute ganz ernsthaft und höchst konzentriert betrieben. Ein inneres Gefühl sagte Wally, dass ihre neue Freundin wohl schon so einiges erlebt und möglicherweise eine ganz eigene Beziehung zu Geschichten und Märchen hatte. Vielleicht reagierte sie deshalb so heftig, so abwehrend.

Jakob war da viel cooler, mit Feuereifer spornte er Wally an und glaubte felsenfest an ihr neues Talent. Ein toller Typ, und wie der malen konnte, einfach umwerfend! Doch auch aus ihm wurde sie nicht schlau. Mal ganz offen und herzlich, verschloss er sich plötzlich wie eine Auster, zog sich in sein Schneckenhaus zurück, und nur Robin und Sina schafften es dann, ihn zum Reden oder Lachen zu bringen. Vermutlich lag das an den Schmerzen, vielleicht sollte sie ihn doch einmal … Wally brachte diesen Gedanken nicht mehr zu Ende und schlief selig träumend ein.

Auch Jakob lag noch lange wach. Er hatte heute Nacht Besuch, der Schmerz war zu Gast und wickelte sich um sein Bein wie eine Boa constrictor, jederzeit bereit zuzudrücken.

»Du wirst mich nicht kleinkriegen«, murmelte Jakob, er hatte Schweißperlen auf der Stirn und atmete stoßweise.

Die Boa constrictor drückte zu, und Jakob stöhnte.

»Ich habe jetzt Freunde gefunden, denen ich von dir erzählen werde«, wisperte Jakob ins Dunkel der Nacht. Dem Schmerz schien das nicht zu gefallen, er rumorte und polterte, doch dann zog er sich plötzlich zurück.

»Ach was, du gehst schon?«, fragte Jakob erstaunt, doch er bekam keine Antwort mehr. Langsam kehrte die Luft in seine Lungen zurück, er atmete frei und ohne Anspannung, und sein Bein fühlte sich so leicht an wie ein Gleitflieger. Jakob hob und senkte es, aber tatsächlich, der ungebetene Gast war verschwunden, wenigstens für diese eine Nacht.

Lisanne war sofort eingeschlafen. Sie träumte von ihrer Mutter und Herrn August. Der Kater wurde in einer Katzenklinik wegen Depressionen und Fresssucht behandelt, und ihre Mutter war Autorin und schrieb all die Geschichten auf, die sie sich an ihren Schmetterlingstagen ausdachte. Leider wollte die keiner lesen, nicht einmal ihr Verleger.

»Sie sind zu normal, meine Geschichten«, sagte die Mutter seufzend. »Wer möchte schon wissen, welche Vorhänge man sich aussucht oder was für Reisepläne man hat? Die Leute wollen etwas besonderes, ein Märchen, etwas Einzigartiges. Etwas, woran sie glauben können.«

»Ich mag deine Geschichten«, sagte Lisanne, aber sie wurde ein kleines bisschen rot dabei. Wenn sie ehrlich war, mochte sie die Schmetterlingstage, weil die ohne Heulerei über die Bühne gingen, aber diese ganzen Geschichten, nun ja …

»Ich muss jetzt wieder gehen«, sagte ihre Mutter und lächelte.

»Doch wenn ich zurück bin, musst du endlich mal erzählen.« Und während sich ihre Mutter langsam in Luft auflöste, lief über Lisannes Wange eine einsame Träne, tropfte ins Kissen und verlor sich in den Daunen.

Präsidenten, Hoffnungen und Fisch in der Dose

Langsam setzte sich der Zug in Bewegung. Nicht nur für Wally, auch für Robin und Sina war es die erste Reise. Sie hielten sich an den Händen und schnauften vor Aufregung. Draußen zog eine immer schneller werdende Landschaft vorbei, Häuser, Wohnviertel und etwas weiter Einkaufszentren und Fabrikhallen, die urplötzlich von Wiesen und Wäldern abgelöst wurden. Eine Zeit lang fuhr der Zug an einem Fluss entlang, der in der Sonne glänzte wie heißer Teer, dann hielt er an einem Bahnhof, Leute begrüßten oder verabschiedeten sich, stiegen ein und suchten nach Sitzplätzen.

»Mein Onkel Achim hat mir eine verrückte Geschichte erzählt«, sagte Jakob, während er aus dem Fenster starrte. »Von den Kennedys, einer berühmten Familie in den USA.«

Er machte eine Pause, und seine Freunde sahen ihn erstaunt an.

»Der Vater hat seinen Kindern klargemacht, dass einer von ihnen Präsident von Amerika werden würde. Einfach so, das hatte der sich in den Kopf gesetzt. Und das haben die dann in der Schule erzählt. Schon in der ersten Klasse, zum großen Vergnügen ihrer Mitschüler.«

Lisanne grinste, das konnte sie sich lebhaft vorstellen, und wie beruhigend, dass auch berühmte Eltern durchgeknallt waren. »Die armen Kinder«, sagte Lisanne seufzend.

»Eins der Kinder wurde dann tatsächlich Präsident, eins der anderen beinahe«, sagte Jakob und zuckte mit den Schultern. »Also alles nur eine Sache der Perspektive.«

Lisanne zuckte zusammen, hatte sich aber schnell wieder unter Kontrolle. »Sind die nicht später alle ermordet worden?«, konterte sie. Ihre Stimme klang schrill, und Wally horchte auf. Sie hatte keine Ahnung von Präsidentenfamilien, fand die Geschichte aber prima. Wie gerne hätte sie Eltern gehabt, die an sie glaubten und mit ihr schon als Kleinkind große Pläne gemacht und ihr Leben in spannende Bahnen gelenkt hätten. Auch Hakan dachte so, und obwohl seine Kinder noch in die Windeln machten und im Kindergarten waren, hatte er bereits Schulen und Universitäten ausgesucht und über Berufe nachgedacht. Daran konnte nichts falsch sein, fand Wally.

»Ich finde die Geschichte sehr schön«, sagte sie. »Aber wie kommst du darauf?«

Jakob grinste. »Es hat mich einfach begeistert, dass eine Idee, so seltsam sie auch sein mag, wahr werden kann – wenn man nur stark genug daran glaubt.«

»Das hätte ich mir ja denken können«, sagte Lisanne. »Es geht um Wallys Geschichten. Du denkst, Wally muss nur fest genug hoffen, ihren Vater zu finden, dann klappt das schon?«

Jakob nickte. »Natürlich gibt es keine Garantie, aber mit der Hoffnung funktioniert das wie mit einem Dosenöffner ...«

»Fragt sich nur, von welcher Dose«, spottete Lisanne. »Fisch in Tomatensoße, Sardellen, Brathering ...«

»Ich habe Hunger«, krähte Robin, und als dann auch noch Sina nach etwas Essbarem verlangte, brach das seltsame Gespräch ab.

Wally hatte zwar keine Ahnung, wie man von einem amerikanischen Präsidenten auf Brathering kommen konnte, aber die Diskussion hatte ihr gefallen. Denn etwas war klar geworden: Lisanne mochte wirklich keine Geschichten, aber Jakob glaubte an sie und lebte in ihnen. Sie selbst hatte sich noch nicht entschieden. Die alten Märchen mit Wally Vanderbeck als vermeintlicher Königstochter in der Hauptrolle waren Vergangenheit, und die neuen dienten lediglich einem einzigen Zweck: ihren Vater zu finden, ausschließlich und kompromisslos.

Nach knapp zwei Stunden konnten die Freunde die ersten Berge sehen, gewaltig schoben sie sich am Horizont in den Himmel, kratzten an einzelnen Wolken, und ihre schneebedeckten Gipfel leuchteten in der Sonne. Die Schiebetür ging auf, und der Schaffner trat ins Abteil. »Die Fahrkarten, bitte«, schnarrte er mit sonorer Stimme, dann stutzte er. »Nanu, ganz allein unterwegs?«

»Unsere erste Reise«, erwiderte Jakob und zog die Fahrkarte aus der Tasche. »Unsere Großeltern erwarten uns am Bahnhof.«

Er reichte dem Schaffner die Karte, der stempelte sie ab und schmunzelte. »Dann viel Spaß noch«, sagte er und war so schnell verschwunden, wie er gekommen war.

»Nur mal so zum Mitschreiben«, wisperte Lisanne, und sie schien ernsthaft sauer zu sein, »wie viele Lügen soll es eigentlich noch geben? Erst Frau Schilling mit dem Zoo, dann der Schaffner mit den Großeltern …«

Jakob zuckte mit den Schultern. »Du magst keine Sachen, die

wahr werden, aber die Unwahrheit magst du auch nicht. Was magst du denn überhaupt?«

»Also, das genügt jetzt«, entschied Wally. Sie wollte an diesem Tag keinen Streit. Glücklicherweise ging in diesem Augenblick die Schiebetür erneut auf, und ein Mann drängte ins Abteil. Er war ziemlich beleibt und schwitzte, schnaufend ließ er sich auf dem letzten freien Platz nieder, wobei er unentwegt in sein Handy brüllte. »Zollhofen heißt das Kaff«, bellte er und verzog angewidert das Gesicht. »Ich hatte ja keine Wahl, das Auto blieb auf der Strecke liegen, Abschleppwagen mit dem ganzen Drum und Dran.«

Wally und ihre Freunde rissen die Augen auf, vergessen war der Streit um Präsidenten, Hoffnungen und Fisch aus der Dose. Alle starrten den seltsamen Mann an. Er saß genau neben Wally, trug ein rosa Hemd, das um den Bauch herum gewaltig spannte, und unter seinen Achseln zeichneten sich Schweißränder ab.

»Aber jetzt läuft der Karren wieder, ich fahre heute Nachmittag noch los und werde abends in Italien sein. Prüfen Sie doch noch mal die Unterlagen in der Sache Schultz …«

Lisanne schüttelte den Kopf, und Wally atmete erleichtert auf, nein, das hier war auf gar keinen Fall ihr Vater. Das Auto war bereits repariert, der Typ musste nach Italien, und einen Vater mit lauter Stimme und Schweißflecken wollte sie sowieso nicht.

»Da hast du aber Glück gehabt«, sagte Robin ungeniert, Sina schüttelte sich, und die Freunde grinsten sich an.

Wenige Minuten später hatte der Zug die Endhaltestelle erreicht. »Zollhofen« stand in schwarzen Lettern auf den Schildern am Bahnsteig. Die Freunde packten ihre Sachen, verließen den Zug und bummelten über den Bahnsteig.

Lisanne entdeckte eine Touristeninformation, stellte sich an den Schalter und kam kurz darauf mit einem Stadtplan zurück. »Es gibt genau zwei Autowerkstätten in Zollhofen«, erklärte sie und grinste. »Und wir haben Glück, an beiden fährt ein Bus vorbei. Also, ich meine, weil wir doch nicht so weit laufen wollten.«

Niemand war über diesen Satz überraschter als Jakob. Er fürchtete Formulierungen wie »wegen Jakob« oder »wegen Jakobs Bein«, aber das hatte Lisanne nicht gesagt. »Weil wir doch nicht so weit laufen wollten« klang nach einer Vereinbarung, die alle betraf, nicht nur ihn alleine. Er schenkte Lisanne ein dankbares Grinsen und warf sich den Rucksack über die Schultern.

»Das ist gut«, sagte er und nahm die Zwillinge an den Händen. »Dann mal los!«

Werkstatt und Motoren Zirngibel lag unweit des Bahnhofs, und aus der kleinen Halle im Hinterhof war lautes, metallisches Hämmern zu hören. Wally fragte nach dem Werkstattleiter, und dann stand auch schon ein kleiner, drahtiger Mann vor ihnen, der die Kinder aus ölverschmiertem Gesicht neugierig musterte.

»Wie kann ich euch helfen?«, fragte er, und Wally begann zu stottern. »Wir, also ich …« Ihre Stimme versagte.

Jakob schaltete sich ein. »Unsere Freundin sucht ihren Vater. Er hatte einen Motorschaden, und wir hoffen, dass Sie wissen, in welchem Hotel er sich aufhält.«

»Name und Fahrzeugtyp?«, fragte der Mann routiniert.

Jakob runzelte die Stirn und überlegte, doch da hatte Lisanne bereits übernommen. »Das wissen wir leider nicht. Wir suchen unsere Freundin und ihren Vater, und von ihr kennen wir nur den Vornamen. Aber Sie würden uns wirklich sehr helfen …«

Der Mann grinste und deutete auf einen schwarzen Kombi. »Der kam gestern rein, ist liegen geblieben. Probleme mit dem Kühlwasser, Motor, die ganze Palette. Der Kunde heißt Goldberg und wohnt im Hotel Sonnenblick.« Er nickte in die Runde, die Freunde grinsten zufrieden und zogen ab.

Vorsichtshalber suchten sie auch noch die zweite Werkstatt auf, doch dort war kein Auto von einem Fremden abgegeben worden.

»Also auf ins Hotel Sonnenblick«, sagte Wally und strahlte bis über beide Ohren. Lisanne guckte auf dem Stadtplan nach, legte die Route fest, die Freunde setzten sich in den nächsten Bus, und als sie ausstiegen, standen sie vor einem Berghügel, der von bunten Häusern übersät war.

»Irgendwo dort oben muss es sein«, sagte sie, und Jakob seufzte.

»Herr Goldberg ist nicht im Haus«, erklärte wenig später eine junge Frau an der Rezeption. »Der wollte auf den Felsgiebel, ein bisschen Sonne tanken. Es gibt eine Seilbahn hinauf …«

»Das sprengt unsere finanziellen Möglichkeiten«, wisperte Lisanne entsetzt, doch Jakob winkte ab. »Ich mach das schon, so ein Ausflug auf einen Felshügel ist doch gigantisch! Das sollten wir uns nicht entgehen lassen.«

Und Robin und Sina kreischten vor Vergnügen.

Herr Goldberg hatte einen harten Tag hinter sich. Erst gestern war er von der ligurischen Küste aufgebrochen, hatte einen letzten Blick auf den Schiefen Turm von Pisa geworfen und sich in Autokarawanen über Berge und Pässe gequält, seine Kopfschmerzen waren kaum weniger geworden, und dann hatte auch noch der Motor gestreikt, völlig abrupt. Und das bei einem Neuwagen! Keine fünf Kilometer hinter der Grenze. »Kann zwei Tage dauern«, hatte der Mechaniker in der Werkstatt gesagt, und nun saß er hier fest. In einem wirklich schönen Ort, aber er wollte weiter, sehnte sich danach, anzukommen.

Herr Goldberg stieg aus der Gondel, machte ein paar unsichere Schritte und sah sich verwundert um. Felsgestein türmte sich auf, Adler und Bussarde kreisten um die Bergstation, und die wenigen Bäume, die hier oben wuchsen, rauschten leise im Wind. Die Luft war klar und der Himmel wolkenlos, und Herr Goldberg lehnte sich, von all der Schönheit überwältigt, an den Stamm einer Kiefer und atmete die kühle Luft der ungewohnten Höhe. Kleine hölzerne Schilder wiesen den Weg zu einem Höhenrundgang, glücklicherweise trug er feste Schuhe, und so machte er sich kurz entschlossen auf den Weg.

Mit der Suche war das so eine Sache. War man beseelt davon, einen bestimmten Menschen unbedingt und sofort finden zu müssen, funktionierte es meistens nicht. Tage später fiel er einem dann sozusagen direkt vor die Füße, einfach so und völlig überraschend, aber nun war es auch schon nicht mehr wichtig. Man blickte überrascht auf, nickte sich zu und dachte vielleicht noch einen Augenblick lang darüber nach, wie seltsam das Schicksal doch spielte. Mit Menschen, Zufällen und Augenblicken.

»Ich wollte Sie fragen, wo Wally und ihre Freunde heute

sind«, sagte Trischa. Sie stand im Büro von Frau Schilling und hatte ein Lächeln aufgelegt, das einer Schauspielerin mehr als würdig gewesen wäre.

»Im Zoo«, antwortete Frau Schilling, kramte in ihren Unterlagen und war offenbar mit den Gedanken woanders. »Kann ich dir sonst noch irgendwie helfen?«, fragte sie, doch Trischa war schon wieder verschwunden, sie hatte erfahren, was sie wissen wollte. Im Zoo, wie seltsam. Ob die Stelzenprinzessin ihre neue Kunst an den Affen versuchte, den Löwen oder Wölfen?

In Windeseile informierte sie ihre Freunde, und dann zog das Trio ab, begab sich auf den Weg in die Stadt und weiter in den Zoo. Die Eintrittskarten waren teuer, und Trischa hoffte aus ganzem Herzen, dass es sich lohnen würde, doch sie wurde bitter enttäuscht.

Nachdem sie das Wildgehege, das Terrarium, die Affen- und Elefantenhäuser und auch noch das Aquarium besucht hatten, das Gelände zu dritt, einzeln und von verschiedenen Richtungen kommend durchkämmt hatten, war klar: Wally und ihre Freunde waren nicht hier. Trischa biss sich vor Wut ihre Unterlippe blutig, Malle keuchte vor Zorn, und Nuriel hatte alle Mühe, ihre Freunde zu beruhigen.

»Ist das nicht wunderbar?«, sagte Wally, als sich die Gondel mit einem surrenden Knattern am Berg hinaufhangelte, in die Höhe stieg und sich ihr Blick hinaus in unendlichen Weiten verlor. Links und rechts ragten Bäume in die Höhe, doch bald schon wurden die Bäume weniger, und karges Gestein türmte sich auf. Jakob stand am Fenster, starrte in den Himmel, und Wally ahnte, woran er dachte: an seine Eltern und dass er ihnen mit jedem

Meter näher kam, ein Gedanke, den viele Kinder in St. Quentin hegten. Die Toten waren im Himmel, und je höher man hinaufstieg, umso schöner. Deshalb kletterten viele der Kinder auf Türme, liebten die Berge und kraxelten die Seile in der Sporthalle hoch wie sonst nur Akrobaten, denn alles, was man wollte, war, nach oben zu gelangen, in die Nähe derer, die man verloren hatte. Und da zählte jeder Meter, nein, jeder Zentimeter.

»Wir sind gleich da«, sagte Lisanne, und Wally griff nach den Rucksäcken.

Die Schiebetür ging auf, die Freunde sprangen aus der Gondel, und sie staunten nicht schlecht, wie ruhig und still hier oben alles war. Ein paar Steinadler kreisten durch die Lüfte, Wanderwege kringelten sich still und verlassen wie bleichhäutige Schlangen um den Berg, und das Gras duftete nach Urlaub auf dem Bauernhof.

Allerdings war weit und breit niemand zu sehen, und fast schien es, als wären sie die einzigen Gäste hier oben.

»Lasst uns ein paar Schritte gehen«, sagte Jakob, und alle nickten.

»Du sagst, wie weit«, entgegnete Wally, und wieder war Jakob überrascht, wie selbstverständlich mit ihm und seiner Krankheit umgegangen wurde. Und so folgten sie den Pfeilen und Wegweisern, gelangten auf eine Alm, und als Jakob anfing zu hinken, setzten sie sich auf eine Bank. Wally und Lisanne packten den Proviant aus: hart gekochte Eier und frisches Brot, ein Stück wunderbar duftende Salami und Schokolade. Jakob hatte rotbackige Äpfel dabei und eine ziemlich krumme, aber sehr grüne Gurke, Wasser und Apfelschorle.

Und während sie nun da saßen und Leckereien in sich hineinstopften, kamen immer wieder mal Wanderer vorbei. Familien mit kleinen Kindern, einsame Spaziergänger, und alle wurden gefragt, ob jemand von ihnen Goldberg hieße oder ob sie unterwegs einen Mann gesehen hätten, vielleicht sogar in einem Liegestuhl.

Plötzlich zogen dunkle Wolken auf, und Wally warf einen besorgten Blick zum Himmel. »Der kommt nicht mehr«, sagte sie leise. »Lasst uns lieber wieder runterfahren!«

Die Tür der Gondel schloss sich mit einem leisen Zischen, dann rutschte sie an den steil bergab führenden Seilen in die Tiefe, und die Zwillinge krähten vor Vergnügen.

Wally starrte aus dem Fenster und schwieg. Was für eine Enttäuschung! Nun hatten sie den weiten Weg gemacht, aber völlig umsonst. Na ja, nicht ganz, sie hatten jede Menge Spaß gehabt, Wally war zum ersten Mal verreist und hatte die Berge gesehen. Mit Argusaugen spähte sie in die Gondeln, die bergauf kamen, aber die meisten waren leer, der Nachmittag schritt voran, und das Wetter schlug um, da blieben die Leute lieber im Tal. Nein, nicht alle, in einer der entgegenkommenden Gondeln stand ein Mann und blickte aus dem Fenster, vielleicht war er das, dachte Wally, und im gleichen Augenblick erkannte sie ihn auch schon.

»Runter!«, zischte sie. Wie auf Kommando rutschten die Freunde von den Sitzen und auf den Boden, wie eine eingespielte Mannschaft beim Training, so als hätten sie das schon tausendmal geübt. Wally ging in die Hocke und senkte ihren Kopf.

»Tolkien«, wisperte sie. »In der Gondel gegenüber.«

»Was macht der denn hier?«, fragte Jakob überrascht, und

Wally schüttelte den Kopf. Keine Ahnung und was für ein seltsamer Zufall.

»Ist das nicht euer Lehrer?«, fragte Robin neugierig. »Der ist doch nett, warum hast du nicht gewinkt?«

»Weil wir eigentlich gar nicht hier sind«, sagte Lisanne und strubbelte Robin durch die Haare, »sondern im Zoo. Das dürft ihr auf gar keinen Fall vergessen, wenn wir heute Abend nach Hause kommen.«

»Wissen wir«, sagte Sina. »Super Affen, super Elefanten, alles super, echt!« Und die Freunde lachten.

»Von Affen habe ich erst einmal die Schnauze voll«, knurrte Malle, als das Trio am Affenhaus vorbei zum Ausgang schlenderte. »Von Elefanten ebenfalls, von Pumas, Eisbären, Giraffen, schreienden Kindern, Fütterungen …«

»Das genügt«, knurrte Trischa, und es hätte nicht viel gefehlt, dann wäre sie Malle an die Gurgel gesprungen.

Wenn Geschichten
öffentlich werden

Jakob bummelte durch die Flure von St. Quentin und dachte nach. Der Speicher war riesig, verlief über einem der Seitenflügel, und in solch einem Flügel gab es alleine drei bis vier Treppenhäuser. Keines führte weiter hinauf als in den dritten Stock, dennoch war Jakob überzeugt davon, dass es noch einen anderen Zugang zum Speicher geben musste, allein schon aus feuertechnischen Gründen.

Feuer, natürlich, dass er da nicht gleich dran gedacht hatte! Außen am Haus führten Feuerleitern treppauf und treppab, aber nicht nur so kleine, wackelige, sondern breite Treppen aus rostigem Metall. An einigen Stellen sah das aus wie an alten New Yorker Wohnhäusern und Fabriken. Jakob trat auf einen der Balkone, öffnete das Türchen zur Feuertreppe und stieg ein Stockwerk hinunter, lief auf langen Gittern außen an der Hauswand entlang, stieg das Stockwerk wieder hinauf, und dann sah er es.

Am Ende des Geländers führte eine Treppe nach oben in den vierten Stock, vermutlich auf den Speicher. Jakob kletterte hinauf und stand vor einer Tür, in deren Schloss tatsächlich ein Schlüssel steckte. Vorsichtig drehte er ihn herum, und sein Herz machte einen Sprung: Möbel, Kisten und Truhen versperrten den Weg, doch die ließen sich beiseiteräumen. Mit Leibeskräften zerrte Jakob an den sperrigen Teilen, verschob Regale und Kisten, und als der Schmerz in seinem Bein so stark wurde, dass er schon aufgeben wollte, kippte das letzte Möbelstück um, der Weg war frei. Ganz plötzlich stand Jakob vor seiner Staffelei, griff nach den Farben und strich mit zitternden Fingern die nackte Leinwand, die auf sein nächstes Bild wartete. Er hatte es geschafft, er war auf dem Speicher!

Lisanne telefonierte an diesem Vormittag mit ihrer Mutter. »Die Klinik ist ganz passabel«, erzählte Frau Templer und lachte sogar ein bisschen. »Ich bin in Therapie, bekomme Medikamente und muss jede Menge Sport treiben!«

Lisanne lächelte. Ihre Mutter auf einem Hometrainer, das konnte sie sich beim besten Willen nicht vorstellen, doch ihre Mutter trainierte gar nicht auf Laufbändern und Steppgeräten, nein, sie musste raus in die Natur.

»Fahrradfahren, Wandern und Joggen«, erklärte Frau Templer, und nun staunte Lisanne wirklich. Das Neueste aber war, dass Frau Templer haargenau wissen wollte, was Lisanne in St. Quentin erlebte.

»Wie sind die Betreuer, hast du Freunde gefunden, und wie verläuft dein Tag?«, fragte sie und ließ nicht locker, bis Lisanne endlich erzählte.

Frau Templer war konzentriert bei der Sache, fragte unermüdlich nach, und wenig später war sie genauestens informiert und wusste alles: über die Zwillinge, Jakob und Wally. Das Mädchen, das Geschichten erzählte, um ihren Vater zu finden.

Frau Templer fand die Idee wundervoll. »Eine einzige Wirklichkeit gibt es nicht«, sagte sie. »Jeder Mensch hat seine eigene. Und natürlich spiegelt sich diese Wirklichkeit auch in Geschichten wider. Wenn du gut zuhörst, kannst du einiges über Wally erfahren.«

Lisanne dachte noch lange über diesen Satz nach, und bei Licht betrachtet machte er Sinn. Ihre Mutter hatte kein normales Leben mehr führen können, dennoch wusste Lisanne sehr viel über sie, kannte ihre liebsten Filme, Reiseziele, ihren Geschmack bei Klamotten und Möbeln. Sie wusste, wie sich ihre Mutter auf Schiffsreisen kleidete, in welchen Büchern sie am Strand las, wie sie im Restaurant bestellte und dass sie Opern liebte, *Don Giovanni*, *Rheingold* und *Tosca*. Nicht, weil sie irgendetwas gemeinsam erlebt hätten, sondern nur aus Erzählungen. Aber immerhin ...

Vielleicht waren Geschichten, die man sich ausdachte, die kleinen Spiegel der Seele, die Seerosen auf einem dunklen Teich, die vom Leben berichteten, Schönheit und Wildnis wiederbelebten. Wie das Moos an den Toren von St. Quentin, das den alten Mauern einen farbenfrohen Anstrich gab und ihnen neues Leben einhauchte.

Die Sonne blitzte ein letztes Mal in den Fenstern auf, tauchte die Dächer in rot-goldenes Licht und verschwand hinter den Häusern. Wally stand auf der Feuertreppe, der kühle Abendwind verfing sich in ihren Locken, zerrte an ihrem Pullover und machte Gänsehaut. Wally hielt ihr glühendes Gesicht in den Wind und entspannte sich. Nach zwei Stunden Strafarbeit und der Schufterei in der heißen Waschküche kam sie langsam wieder in der Wirklichkeit an. Sonntag war Waschtag in St. Quentin, und das war eine eklige Sache, Unmengen dreckiger Unterhosen und Socken mussten nach Farben sortiert und in die Maschinen gesteckt werden, jedes Wäschestück war natürlich mit einem Namensschild versehen, und das war eine peinliche Sache. Kevin Cavendish hatte Bremsspuren in der Unterhose und Penelope Pattra Blutflecken, und sosehr Wally sich auch bemühte, solche Dinge zu übersehen, es gelang ihr nicht. Wenigstens hatte sie in die Strümpfe von Malle noch einen Kaugummi kleben und den BH von Trischa ordentlich verknoten können, so hatte sich die Höchststrafe heute wenigstens irgendwie gelohnt.

Wally blickte auf die Gleise der Hochbahn hinunter, den Verkehr in den Straßen und auf die Menschen, die wie Spielfiguren über die Bürgersteige rutschten. Ihr Blick wanderte über die Dächer, Schornsteine und die Fassaden der Häuser. Ihr gesamtes Leben hatte sie sich in ferne Länder geträumt, doch heute Abend fand sie es schön, hier in St. Quentin zu sein, auf der Feuerleiter zu stehen, im Wind über der Stadt. Keine zehn Meter von ihren neuen Freunden entfernt, die es sich wahrscheinlich schon auf dem Sofa bequem gemacht, die Farben angerührt und die Chips ausgepackt hatten. Wally grinste, nahm die Stufen in den vierten Stock und öffnete die Tür. Und sie waren tatsächlich schon da, quatschten und lachten, und es wirkte richtig gemütlich, wie sie da unter dem Dach saßen und auf Wally warteten.

»Ich muss mich entschuldigen«, sagte Lisanne gerade, und Wally schlich leise hinein, setzte sich und winkte den Zwillingen zu. »Ich war wirklich garstig auf der Zugfahrt ...«

Und dann erzählte Lisanne von ihrer Mutter und den Schmetterlingstagen, an denen sie Geschichten hörte, die nicht ein einziges Mal wahr wurden. Und von ihrer Sehnsucht, all diese Dinge zu erleben, von ihrer Wut auf ihre Mutter und auch auf Wally, weil deren Geschichten Wirklichkeit wurden. Ohne jede Anstrengung und einfach so.

Jakob hatte aufgehört zu malen. »Und ich dachte schon, du bist einfach eine blöde Pute, die uns alles vermiesen will«, sagte er und streckte seine Hand aus. »Freunde?«, fragte er.

Lisanne nickte und schlug ein.

»Und jetzt?«, fragte Wally leise. »Bist du immer noch wütend auf mich und meine Geschichten?«

Lisanne schüttelte den Kopf und lachte. »Nein, und ich muss mich auch bei dir entschuldigen. Vielleicht war ich ein wenig eifersüchtig, weil du genauso gut erzählen kannst wie meine Mutter, und ich kriege das einfach nicht hin ...«

Und so wurde es ein rundum schöner Abend. Lisanne hatte es endlich geschafft, von sich zu berichten, und keiner ihrer neuen Freunde hatte gelacht, gespottet oder mit den Schultern gezuckt. Ganz im Gegenteil, selbst die Kleinen hatten mit Interesse zugehört, und das war etwas ganz Neues für Lisanne.

»Trotzdem sollte Wally jetzt weitermachen«, sagte sie jetzt. »Ich will schließlich bald ihren Vater kennenlernen.«

Und so begann Wally die nächste Geschichte, die diesmal sehr kurz ausfiel und ausgesprochen merkwürdig klang: »Mein Vater kommt morgen in die Stadt und schlägt die Abendzeitung auf«, sagte Wally. »Auf der letzten Seite findet er ein Bild von mir und einen Artikel über sich selbst, woraufhin er zum Hörer greift und mich anruft.«

Hier endete Wally, holte tief Luft und knetete ihre Hände.

Entgeistert starrten die Freunde sie an.

»Dein Vater macht … was?«, fragte Jakob endlich.

»Und wie kommt dein Bild in die Zeitung?«, fragte Lisanne. »Ich will keine Spielverderberin sein, aber wenn er ein Bild von dir sieht … er kennt dich nicht, wie soll das funktionieren?«

»Wartet es ab«, sagte Wally. »Den wird der Schlag treffen, so viel steht jedenfalls schon fest.«

Und es traf gleich einige Leute der Schlag, als sie am nächsten Abend in die Zeitung sahen. Allen voran Frau Schilling.

Auf der letzten Seite der Abendpost entdeckte sie unter der Überschrift Vater gesucht das Bild von Wally Vanderbeck. *Wer von Ihnen die letzte Woche in einem Fischerort verbracht hat, über die Alpen gefahren ist, in Zollhofen eine Autopanne hatte und sich nun hier in der Stadt befindet, möge sich bitte melden.*

Und gleich daneben stand Wallys Handynummer.

Frau Schilling schnappte nach Luft, das durfte doch nicht wahr sein! Hatte sie nicht letzte Woche noch ein ernstes Gespräch mit dem Mädchen geführt und ihr angeboten, über ihre Eltern zu sprechen? Wally hatte doch völlig vernünftig reagiert, schien es mit diesem Thema weder besonders eilig zu haben, noch regte es sie auf – und nun das hier! Und was sollte das heißen? *Wer von Ihnen die letzte Woche …* Der scharfe Blick der Heimleiterin rutschte erneut über den seltsamen Text, doch sie konnte sich keinen Reim darauf machen. Langsam zog sie das Telefon zu sich heran, nahm den Hörer in die Hand und wählte die Nummer von Herrn Schweinsteiger.

Auch Herr Torkien blickte verblüfft auf das Foto seiner Schülerin und schüttelte den Kopf. Offenbar hatte die Kleine genug davon, ihr Leben als Waisin in St. Quentin zu verbringen, und dafür hatte er vollstes Verständnis. Schade nur, dass sie sich nicht an ihn gewandt hatte, schließlich war er ihr Vertrauenslehrer und hatte auch für private Dinge stets ein offenes Ohr.

»Ich werde morgen mal mit ihr reden«, murmelte er, las den seltsamen Text noch einmal und grinste. Glaubte Wally etwa, dass ihr Vater Südländer war? Nun ja, warum nicht? Er legte die Zeitung beiseite und schaltete den Fernseher ein. Gerade begann das Fußballspiel, Galatasaray Istanbul gegen den FC Bayern München. Und als Bayern bereits nach wenigen Minuten ein Tor schoss und Istanbul kurz darauf nachlegte, vergaß Herr Torkien den Alltag in der Schule, die Sorgen seiner Schüler und den seltsamen Zeitungsartikel. Gut gelaunt schenkte er sich ein Bier ein, während seine Augen am Flachbildschirm klebten wie Fliegen im Spinnennetz.

Jakobs Onkel Achim war ebenfalls über die seltsame Annonce gestolpert. Dunkel erinnerte er sich, dass Jakob etwas von neuen Freunden erzählt hatte und einem Mädchen, das versuchen wollte, ihren Vater zu finden. Ob es sich um dasselbe Kind handelte? Onkel Achim warf einen neuerlichen Blick auf das Foto und lächelte. Das Mädchen sah nett aus, hatte jede Menge Sommersprossen im Gesicht und lächelte verschmitzt in die Kamera. Er nahm sich vor, gleich morgen Jakob anzurufen oder das Mädchen und alle anderen Freunde seines Neffen gemeinsam für das nächste Wochenende einzuladen. Zum Kuchenessen. Oder zum U-Bahn-Fahren – ja, die Idee war fast noch besser.

Es freute ihn, dass Jakob endlich Freunde gefunden hatte, und vielleicht hatten sie ja Lust und Zeit, ihn zu begleiten und den ollen Onkel zu besuchen. Achim klemmte sich die Zeitung unter den Arm, pfiff ein Liedchen und machte sich auf den Weg zur Imbissbude.

Und auch Herr Goldberg las den Aufruf. Er saß im Restaurant und wartete auf seine Geschäftspartner, als er in der Zeitung über Wallys Bild stolperte. Du meine Güte, wie schrecklich. Das Mädchen vermisste ihren Vater, nein, sie schien ihn gar nicht zu kennen, sonst hätte sie ja wohl seinen Namen angegeben. Stattdessen zählte sie nur die Stationen eines Urlaubs auf, Küstenort, Autopanne, Zollhofen …

Ein Schwindel erfasste Herrn Goldberg. Seltsam, das Mädchen beschrieb haargenau seine Reiseroute, welch komischer Zufall. Offenbar gab es noch andere Menschen auf dieser Welt, die solch eine Reise gemacht und ein ähnliches Chaos erlebt hatten.

Er musste sie anrufen. Eventuell konnte das Mädchen ihren Vater beschreiben, und er würde sich vielleicht erinnern. An einen Mann auf dem Rastplatz, in Zollhofen oder in der Autowerkstatt. Möglich war alles, und wenn er helfen konnte, tat er das gerne. In diesem Moment betraten seine Geschäftspartner das Restaurant, und Herr Goldberg ließ die Zeitung in seiner Aktentasche verschwinden.

Auf dem Dachboden

Der Wetterbericht hatte Unwetter vorhergesagt, ein gewaltiges Gewitter mit Sturmböen im Orkanbereich. Der Himmel glänzte hell wie Milchsuppe, und dann wurde er plötzlich ganz schwarz, so als hätte jemand Tinte hineingekippt. Der Wind rüttelte an Türen und Fensterläden, und aufgeregte Eltern scheuchten ihre Kinder ins Haus.

In St. Quentin war alles wie immer, hier gab es keine Eltern, keine Fensterläden, und dem alten Gemäuer konnte kein noch so gewaltiges Gewitter etwas anhaben.

Wally und ihre Freunde liefen über die Feuertreppe. Das rostige Metall bebte und schepperte, Wallys Haare flogen im aufkommenden Wind.

»Ich habe Angst«, wimmerte Sina, und sofort griff Lisanne nach ihrer Hand, führte sie näher an der Hauswand entlang und zog sie mit sich.

»Wir haben es gleich geschafft«, wisperte sie.

Wally griff nach Robin, und Jakob stieg die Treppe voran nach oben. Er drehte den Schlüssel im Schloss, wandte sich um und grinste. »Seht euch die Stadt an«, brüllte er, der Sturm hatte sich bereits in ein Tosen verwandelt, das seine Stimme davontrug.

Wally warf einen Blick nach unten in die Straßen, überall hasteten Leute nach Hause, Hüte und Tüten flogen durch die Luft, und die Autofahrer hupten, weil es ihnen nicht schnell genug ging und sie nach Hause wollten, bevor das Unwetter losbrach.

Jakob öffnete die Tür, die Freunde hielten sich am Geländer fest und nahmen Stufe um Stufe und hatten es endlich geschafft.

Die Wärme des Speichers umfing sie wie ein Wattebausch, und kaum fiel die Tür hinter ihnen ins Schloss, war nicht nur die einbrechende Nacht ausgesperrt, auch das Unwetter, der Sturm und die Geräusche der Straße.

Es dauerte etwas, bis Jakob den Lichtschalter gefunden hatte, die Glühbirnen wieder leise summten und sich alle mit einem aufatmenden Seufzen durch das Gerümpel bis zum Sofa gekämpft hatten.

Doch nicht alle Geräusche waren gebannt, der Sturm zerrte bereits an den Schindeln, sie klapperten ein schnelles Stakkato wie Taktstöcke in einem Konzert, nur lauter und hundertfach verdoppelt. Die Zwillinge kuschelten sich ins Sofa, Lisanne setzte sich neben sie, und Jakob stellte sich an die Staffelei, mischte seine Farben und begann zu malen. Wally schritt auf und ab, zu viel war heute passiert, und sie war zu unruhig, um sich zu setzen.

»Drei Personen haben angerufen«, erzählte sie, und alle Anwesenden lauschten mit voller Konzentration. »Herr Schweinsteiger, mein Vormund. Warum ich über eine Annonce meinen Vater finden möchte und dass er mich unbedingt sprechen will, blabla …« Wally seufzte, dann rutschte ein Grinsen über ihr Gesicht. »Und Tolkien. Er hat den Artikel gelesen, er würde sich freuen, wenn ich mit ihm über meine Probleme spreche, klang ganz nett.« Sie machte eine Pause. »Und als Letzter Jakobs Onkel.«

Jakob fiel fast der Pinsel aus der Hand. Er drehte sich um und starrte Wally an, als wäre sie eine Außerirdische.

»Onkel Achim?«, fragte er leise, und sein Gehirn drohte in den Leerlauf zu rutschen. »Er ist aber nicht dein Vater, oder?« Lisanne kicherte, und auch Wally konnte sich ein Grinsen nicht verkneifen. »Keine Sorge. Er hat uns zum U-Bahn-Fahren eingeladen. Ich soll dich lieb grüßen.«

Jakob atmete hörbar auf. Onkel Achim war die einzige Person, die er noch hatte, und sosehr er Wally auch mochte … seinen Onkel wollte er mit niemandem teilen, auch nicht mit Wally.

»Einen weiteren Anruf hatte ich, aber da habe ich das Klingeln zu spät gehört, und die Nummer war unterdrückt, also keine Ahnung, wer das war«, sagte Wally seufzend, und damit war klar: Ihre Geschichte hatte sich nicht bewahrheitet. Obwohl sie nachgeholfen und schon gestern Morgen eine Annonce aufgegeben hatte. Mit Bild, Text und Telefonnummer.

»Jedenfalls eine coole Idee«, sagte Jakob.

Und auch Lisanne war beeindruckt. »Nicht immer nur reden, auch was machen. Das gefällt mir!« Dann erklärte sie den Kleinen, was passiert oder eben nicht passiert war. »Keiner der Anrufer war Wallys Vater«, sagte sie. »Aber wir dürfen die Hoffnung nicht aufgeben, das klappt schon noch.«

Wally und Jakob zwinkerten sich zu. Lisanne schien wie ausgewechselt und glaubte plötzlich an Wallys Geschichten. Witzigerweise genau in dem Moment, wo sie sich nicht bewahrheiteten und die Suche nach Wallys Vater hoffnungslos erschien.

Draußen polterte nun das Gewitter los, mit heftigen Blitzen und lauten Donnern, die so gewaltig waren, dass sie das Haus beben ließen. Der Speicher schien zu atmen, in kurzen, hellen Momenten fast sichtbar, um dann beim Donnerschlag still zu erzittern und zu schweigen, sekundenlang, bis alles vorbei war und der nächste Blitz kam.

»Mein Vater ist nun hier in der Stadt«, begann Wally ihre nächste Geschichte, und die Zwillinge lächelten sie dankbar an. »Rastlos irrt er durch die Straßen, er sucht etwas, was er nicht findet. Und auch ich kann ihn nicht finden, weil ich nicht weiß, wie er heißt, vielleicht heißt er Goldberg, aber ich weiß nicht, wie er aussieht, und er weiß nicht, dass ich in St. Quentin bin. Und wie mein Vater so durch die Straßen bummelt, entdeckt er in einem der Läden ein rotes Halstuch aus feinster Seide. Er kauft es und bindet es sich um. Seine Aktentasche ist auch schon alt. Er geht in den nächsten Laden und kauft sich eine schöne wildlederne mit silberner Schnalle. Und weil das alles noch ein bisschen wenig ist, sucht er sich einen Friseur, landet in der Grabengasse und geht zu meinem Freund Hakan, der ihm die Haare schneidet.«

Damit endete Wallys Geschichte erst mal, und natürlich musste sie nun haarklein berichten, was es mit Hakan auf sich hatte, woher sie ihn kannte, und alle waren begeistert über die neue Wendung des Falls. Wally hatte ihrem Vater deutliche Merkmale verpasst (ein rotes Halstuch und eine Aktentasche aus Wildleder), und wenn er zu Hakan ginge, würde sie das erfahren.

In diesem Moment fuhr ein Blitz in den Blitzableiter von St. Quentin, und das alte Haus schien buchstäblich aus den

Fugen zu geraten. Es knallte ohrenbetäubend, für Sekunden erloschen die Glühbirnen, und die alten Mauern zitterten. Dann kam der Donner, und sein Grollen klang fast wie eine Erlösung, die Gefahr war gebannt. Die Zwillinge wimmerten und drückten sich ins Sofa.

»Wir können unmöglich über die Feuerleiter zurück«, sagte Lisanne, und ihr Blick war ernst. »Das ist reines Metall und in diesem Blitzgewitter …« Sie verstummte und warf einen Blick auf die Zwillinge, aber die Freunde hatten verstanden.

»Dann bleiben wir eben hier oben«, sagte Jakob bestimmt, schraubte seine Farbtuben zu und grinste. »In diesem Kuddelmuddel gibt es sicher genug alte Matratzen, und vielleicht finden wir auch noch ein paar Decken. Also, macht euch auf die Suche!«

Gesagt, getan, und wenig später hatten die Freunde tatsächlich drei Matratzen und auch noch ein paar alte Daunenbetten gefunden, zwei wollene Babydecken und einen Haufen muffiger Kissen.

Die Zwillinge rutschten gemeinsam auf eine Matratze und bekamen die Babydecken, Wally und Lisanne nahmen die anderen, und Jakob erklärte heldenhaft, dass er auf dem Sofa schlafen würde, aber erst, wenn sein Bild fertig sei, dem er sich diese Nacht widmen wollte. Und so legten sich die Mädchen schon einmal hin und quatschten leise, die Zwillinge waren längst eingeschlafen, und Jakob malte, was das Zeug hielt.

»Ich bin froh, dass ich euch kennengelernt habe«, sagte Lisanne und zog die muffige Decke weit über ihre Schultern.

»Mhm«, meinte Wally, und weil ihr das im gleichen Moment zu unhöflich erschien, sagte sie: »Ich auch.«

»Warum mögen dich die anderen Kinder eigentlich nicht?«, fragte Lisanne, und mit einem Schlag war Wally hellwach. Ach, du grüne Neune … Sie warf einen schnellen Blick aus dem Fenster, vielleicht hatte das Gewitter ja schon aufgehört, und sie konnte zurück in ihr Bett und endlich schlafen, aber die Blitze krachten herunter wie ein Feuerwerk, keine Chance. »Ich habe früher mal gedacht, ich hätte einen König zum Vater«, erklärte sie leise. »So wie die heilige Walburga …« Und dann erzählte sie von ihrer Namenspatronin, die ebenfalls ein Waisenkind gewesen war, und König Richard von Wessex, der sich als ihr Vater entpuppt hatte. Von ihren eigenen Fantasien vom verlorenen Königsvater, heillosen und kindlichen Träumen, die sie leider laut verkündet hatte. »Und seitdem finden mich die meisten blöd.«

Lisanne hatte Wallys Geschichte nicht bis zu Ende hören können, sie war nämlich schon eingeschlafen. Nur Jakob war noch wach, klatschte seine Farben an die Leinwand, malte mit Pinseln und Fingern darin herum und nickte.

»Und weil dir niemand geglaubt hat, fandest du alle blöd?«, fragte er, und irgendwie traf er den Nagel auf den Kopf. Wally hatte tatsächlich seit jener Zeit keine Lust mehr auf die Kinder von St. Quentin gehabt, sich mehr und mehr zurückgezogen und unverstanden gefühlt.

»Ist wohl so«, sagte sie leise, warf einen Blick auf Jakobs Bild und erstarrte. Auf der Leinwand tummelten sich rot-schwarze Dämonen mit großen Mäulern, langen Fangzähnen und blutunterlaufenen Augen. Ihre Zungen hechelten nach Luft, wie Schlangen wanden sie sich um Arme und Beine der Menschen, drückten zu, und Wally sah die armen Kreaturen, die sich zu wehren versuchten, dagegen ankämpften, doch ihre Schreie verhallten im Nichts. Die Dämonen waren stärker, unerbittlich und ohne jedes Mitleid.

Jakob trat von einem Bein auf das andere, und sein Gesicht verriet den inneren Kampf, den eigenen Schmerz.

»Deine Arthrose?«, fragte Wally leise, doch Jakob schüttelte den Kopf. »Es ist nicht meine. Ich mag sie nicht …«

Mit schmerzverzerrtem Gesicht schraubte er seine Farbtuben zu, schob die Staffelei beiseite und warf sich aufs Sofa, stöhnte leise und streckte sich aus.

Wally setzte sich auf und griff nach ihrem Rucksack. »Ich habe vor ein paar Tagen ein paar Wärmepflaster geschenkt bekommen«, sagte sie und kramte in den Tiefen ihrer Tasche. »In einer Apotheke, als ich Hustenbonbons kaufen wollte.« Sie erwischte die Dinger und reichte sie Jakob. »Hier, kleb dir eins auf die schmerzende Stelle«, sagte sie. »Und dann erzähle ich dir eine Geschichte. Eine wirklich gute, die wahr wird und deinen Schmerz vertreibt.«

Jakob legte sich auf das Sofa, zog sich die Decke über und klebte das Wärmepflaster auf seine Hüfte. Draußen zerfetzten die Blitze immer noch den Himmel, ein leichter Regen hatte eingesetzt und prasselte aufs Dach. Wally blickte auf die Leinwand, sah den Dämonen ins Auge, in ihre gefräßigen Münder und sabbernden Mäuler und begann zu erzählen: »Es gab einmal jemanden, der nannte sich Schmerz. Es war ein unscheinbarer Zeitgenosse, von kaum jemandem beachtet. Niemand kannte ihn, und das war sein großes Problem. Keiner rief an, niemand meldete sich, sein Briefkasten war leer, und E-Mails erhielt er auch keine. Alle, die er kannte, waren beliebt, gingen abends aus und trafen sich mit coolen Mädchen und Jungs, aber er saß alleine zu Hause, war wütend und langweilte sich. Also beschloss er, sich zu rächen. Er verfügte über die gnadenlose Gabe, andere auf sich aufmerksam zu machen, und das wollte er auch. Sie sollten sehen, dass es ihn gab, sollten ihn bemerken und spüren. Also machte er sich wichtig und ließ nicht mehr locker, schmuggelte sich auf Partys und Familienfeiern, spazierte in Reihenhäuser, Wohnungen, Schulen und Sporthallen. Kaum einer konnte ihm entkommen, bis die Ersten ihre Türen verschlossen, verriegelten und verrammelten. Und dort, wo er nicht willkommen war, hatte er keine Chance, machte sich vom Acker wie ein jämmerlich jaulender Kojote und verschwand in der Dunkelheit, suchte sich ein neues Zuhause und neue Opfer.«

Wally stoppte, ihre Geschichte war ein wenig platt geraten und ziemlich überheblich, was wusste sie schon über Schmerzen und ob die einfach so verpufften, nur weil sie etwas erzählte?

Sie warf einen Blick auf Jakob, aber der schlief bereits, und auf seinem Gesicht zeigte sich ein Lächeln. Vorsichtig stand Wally auf, tapste durch das Gerümpel zur Tür hinüber und knipste das Licht aus.

In dieser Nacht schlief Jakob so gut wie schon lange nicht mehr. Im Traum besuchte ihn der Schmerz. »Die ist ja nicht ganz gescheit, deine neue Freundin«, sagte er und schüttelte verächtlich den Kopf. »Die Türen verschließen und verrammeln, wie soll das gehen?«

»Sag du es mir«, antwortete Jakob, und der Schmerz lachte. Dann versuchte er, Jakob zu schnappen, für einen schnellen

Biss ins Bein, die giftigen Finger wollte er ihm ins Fleisch schlagen, die fauligen Nägel in die Hüfte hauen.

Doch er kam nicht an ihn ran, Jakob drehte sich um, rutschte auf süßen Träumen weg von ihm und ließ ihn einfach stehen. »Ich komme wieder«, rief der Schmerz, und Jakob nickte.

»Ich weiß«, antwortete er, und dann träumte er von etwas Schönem, von seinen Bildern und den Nächten auf dem Dachboden, von Wally, Lisanne und den Zwillingen.

Der Naschmarkt und ein perfider Plan

Der Sturm tobte, in St. Quentin schlugen die Türen, und in den langen Fluren heulte der Wind wie ein gefangener Lindwurm, rüttelte und zerrte an den Fenstern und stieß seinen fauchenden Atem durch das alte Gemäuer. Aber so sehr er sich auch mühte, den alten Mauern konnte er nichts anhaben.

Trischa, Malle und Nuriel schlichen durch die Gänge und drückten hier eine Türklinke hinunter und dort. Vorsichtig schlichen sie in die dunklen Zimmer der schlafenden Kinder, durchsuchten Schränke und Schultaschen nach Süßigkeiten oder ein paar Euros.

Naschmarkt nannten sie diese Form von kriminellem Shoppen, und einmal im Monat gingen sie auf Tour. Unruhige Nächte eigneten sich besonders gut, dann schliefen die Kinder zwar nicht so fest wie sonst, aber das Tosen des Sturms oder das Rumpeln eines Donners übertönte das Aufschnappen der Türen, das Rutschen von Schubladen und die quiekenden Laute von Nuriel, wenn sie mal wieder mit den Fingern in eine Mausefalle geriet.

»Und jetzt zur Stelzenprinzessin«, sagte Trischa, grinste und öffnete die Tür zu Wallys Zimmer.

Vorsichtig schlichen die drei hinein, inspizierten den Schreibtisch, die Schultasche und sogar Wallys Nachtkästchen, bis ihnen auffiel, dass Wally gar nicht in ihrem Bett lag.

Trischa betätigte den Lichtschalter und riss die Augen auf. Wo war diese Göre, wo trieb die sich mitten in der Nacht herum? Egal, das hier war die Gelegenheit, Wallys Zimmer komplett auf den Kopf zu stellen. Vielleicht fanden sich ja Hinweise auf ihre neue Kunst, Bücher oder Mitschriften aus einem Seminar oder sogar Tagebucheinträge, die erklären konnten, welche Gabe die Stelzenprinzessin seit Neuestem beherrschte.

Die drei drehten das Unterste zuoberst, blätterten sich durch jedes Buch, wühlten sich durch Stapel frischer Wäsche, öffneten Schulhefte, Terminkalender und alte Zeitschriften, doch sie fanden nichts. Nicht das Geringste.

»Diese kleine Ratte«, zischte Trischa, löschte die Lampe und wollte eben nach der Türklinke greifen, als sie überrascht stehen blieb.

Irgendwo in St. Quentin brannte noch Licht, und das war ungewöhnlich für diese Zeit. Sie eilte ans Fenster, warf einen Blick in den dunklen Innenhof und erstarrte.

Das einsame Licht kam aus einem der Fenster unterm Dach, von dort, wo sie den Speicher vermutete. Doch der war seit Tagen verschlossen, unbegehbar und vereinsamt. Aber Wally lag nicht in ihrem Bett, und dafür gab es eigentlich nur eine plausible Erklärung …

»Diese kleinen Aasgeier sind schon wieder da oben«, wisperte sie, und als sie Malles Blick sah, zückte sie ihren Zeigefinger wie eine Pistole und hielt sie ihrem Freund auf die Brust. »Aber diesmal laufen die Dinge nach Plan, hast du verstanden? Und zwar nach meinem Plan. Keine Windhart, keine Heimleitung oder solch einen Mist!«

Malle nickte ergeben, und dann schlichen die drei hinaus auf den Flur und liefen durch die Gänge bis zu der kleinen Wendeltreppe, die zum Dachboden führte. Trischa zog am Gatter, aber das war fest verschlossen, mit zwei Fahrradketten. Von oben waren jetzt Stimmen zu hören, leise und gedämpft.

»Ich weiß zwar nicht, wie sie das gemacht haben«, zischte Trischa. »Aber diese Ratten sind auf dem Speicher. Also brechen wir die Schlösser auf«, erklärte sie und deutete dabei auf Malle. »Anschließend steigen wir die Treppe hoch und hören uns mal an, was die da oben so treiben.«

Malle nickte und machte sich schleunigst auf die Socken. Im Fahrradschuppen gab es sicher einen Bolzenschneider, mit dem man die Ketten durchtrennen konnte, stark genug war er ja.

Er hatte Glück, in der hintersten Ecke des Schuppens fand er, was er suchte, und stark genug war er wirklich. Er musste sich noch nicht einmal besonders anstrengen. Zweimal machte es leise klick-klack, als er die Ketten durchtrennte. Stolz begutachtete er seine Oberarmmuskeln und wartete auf ein Lob der Mädchen. Doch die hatten bereits das Gatter geöffnet und stiegen auf leisen Sohlen zum Speicher hinauf. Auf dem Absatz hielten sie inne, öffneten die Tür einen Spaltbreit und lauschten.

Wally erzählte gerade eine Geschichte. Es schien also wahr zu sein: Die Stelzenprinzessin übte sich in Märchen.

»Also beschloss er, sich zu rächen«, sagte Wally in diesem Moment. »Er verfügte über die gnadenlose Gabe, andere auf sich aufmerksam zu machen und das wollte er auch. Sie sollten sehen, dass es ihn gab, sollten ihn bemerken und spüren. Also machte er sich wichtig und ließ nicht mehr locker, schmuggelte sich auf Partys und Familienfeiern, spazierte in Reihenhäuser, Wohnungen, Schulen und Sporthallen. Kaum einer konnte ihm entkommen, bis die Ersten ihre Türen verschlossen, verriegelten und verrammelten. Und dort, wo er nicht willkommen war, hatte er keine Chance, machte sich vom Acker wie ein jämmerlich jaulender Kojote und verschwand in der Dunkelheit, suchte sich ein neues Zuhause und neue Opfer.«

Danach wurde es still auf dem Speicher. Trischa begann zu frösteln, aber sie hatte erst einmal genug gehört, winkte ihren Freunden und schlich die Treppe hinunter, zurück durch die düsteren Flure in ihr Zimmer.

Dort ließ sie sich aufs Bett fallen, wandte sich an Malle und zog die linke Augenbraue hoch. »Du meinst also tatsächlich, dass ihre Geschichten wahr werden?«, fragte sie und klang immer noch eine Spur skeptisch.

Malle schüttelte den Kopf. »Keine Ahnung. Die Kids glauben es jedenfalls.«

»Langsam verstehe ich die ganze Aufregung«, nuschelte Nuriel, stellte sich vor den Spiegel und begutachtete ihr Äußeres. Nächtliche Aktionen kratzten an ihrem Aussehen, unter den Augen zeichneten sich bereits dunkle Ringe ab, und ihre Haare wellten sich nur noch matt über die Schultern. »Wenn ich es recht bedenke …«, sagte sie und cremte ihre Lippen ein, »hat sich die Stelzenprinzessin tatsächlich verändert.«

»Die Kandidatin bekommt hundert Punkte für ihre gewaltige Denkleistung«, zischte Trischa und schüttelte den Kopf. Es war ziemlich tragisch, aber sie schien von Idioten umgeben.

Malle schritt unruhig durchs Zimmer, Nuriel war immer noch mit ihrer Schönheitspflege beschäftigt, und Trischa überlegte laut. »Also gut, nehmen wir mal an, Wally kann sich die Dinge … äh, zurechtreden. Dann hat sie da gerade irgendjemandem eine gewaltige Macht zugesprochen. Also beschloss er, sich zu rächen, und kaum einer konnte ihm entkommen«, wiederholte sie Wallys Worte. »Du lieber Himmel, wen sie damit wohl gemeint hat?«

»Ist doch klar wie Hühnerbrühe«, schnauzte Malle, »Jakob natürlich. Der Typ geht mir sowieso schon mächtig auf den Senkel. Dann kann er plötzlich auch noch Fußball spielen, und jetzt macht ihn die Stelzenprinzessin zum Helden von St. Quentin, zum Rächer der Kinder und Waisen. Mir wird übel!«

Wie ein wild gewordenes Rhinozeros stampfte er durch Trischas Zimmer und trat schließlich gegen den Abfallkorb unter dem Schreibtisch, dass das Ding nur so gegen die Wand knallte.

»Pssst«, knurrte Trischa, »beruhig dich!« Sie starrte gegen die Decke, und ihre Gedanken fuhren Achterbahn. Jakob? Wofür sollte der sich denn rächen?

Blitzschnell überlegte sie. Hatten sie und ihre Freunde dem Jungen in den letzten Jahren etwas angetan? Nein, nicht viel mehr als die üblichen Gemeinheiten, und das war sicher von Vorteil. Dennoch glaubte sie nicht, dass Wally von Jakob gesprochen hatte, einen jämmerlich jaulenden Kojote hatte sie den Typen genannt, und so sprach man nicht von Freunden, schon gar nicht, wenn sie dabei waren und zuhörten. Nein, es ging um irgendeinen Mann, jemand richtig Bösen, vor dessen Macht sogar die Stelzenprinzessin Angst oder zumindest Respekt hatte.

Trischa scheuchte ihre Freunde aus dem Zimmer, lief den Flur hinunter und betrat den Waschraum. Dort zog sie ihre Klamotten aus und stellte sich unter die Dusche, drehte das heiße Wasser auf und ließ es auf Kopf und Rücken prasseln, bis ihre Haut so rot leuchtete wie ihr Nagellack.

Wasserdampf stieg auf, legte sich an die Fenster und Schiebetüren und nahm die Sicht auf braune Kacheln und den Schimmel in den Fugen. Nach zehn Uhr abends zu duschen war bei Höchststrafe verboten, aber das kümmerte Trischa heute nicht. Sie musste sich konzentrieren, und ihr Gehirn arbeitete unter einer heißen Dusche zehnmal besser als sonst.

Trischa war beunruhigt, und zwar mächtig. Das lag zum einen an dieser seltsamen Geschichte, zum anderen an der Art und Weise, wie Wally dort oben auf dem Dachboden erzählt hatte. Ganz selbstbewusst, flüssig und ohne auch nur einmal zu stocken. Es hatte richtig professionell geklungen – wie bei einem Hörbuch oder so etwas. Das hätte sie dieser Lumpenprinzessin gar nicht zugetraut.

Malle hatte also recht gehabt. Hier ging es um Märchen und seltsame Dinge, die über Wallys Lippen kamen wie Ratten aus der Kanalisation, Mäuse aus ihren Löchern.

Noch hatte Trischa keine Ahnung, warum diese Erzählungen so vieles veränderten, aber das konnte sie herausfinden. Und dann würde sie dieses Wissen für sich selbst einsetzen und Schritt für Schritt für eigene Zwecke nutzen: die Betreuer gegeneinander aufhetzen, die Kinder von St. Quentin zu ihren Leibeigenen machen, vielleicht konnte sie sogar ein Leben in Luxus und Wohlstand führen und diesem alten Kasten den Rücken kehren. Das Wichtigste aber war Julio, um ihn wollte sie sich zuerst kümmern. Er würde sie lieben und verehren, bis sie die Nase voll hatte und ihn fallen ließ wie eine heiße Kartoffel. Das waren doch schöne Aussichten, nun musste sie sie nur noch verwirklichen. Und dafür brauchte sie einen Plan, eine kleine, perfide Strategie …

Trischa stellte das Wasser noch etwas heißer und dachte angestrengt nach. Stufe eins: Beschattung. Diese kleinen Ratten durften nichts mehr ohne Trischas Wissen unternehmen. Ab jetzt wollte sie über jeden ihrer Schritte informiert sein. Stufe zwei: Ständige Lauschaktionen. In diesen Geschichten musste es einen Schlüssel geben, ein immer wiederkehrendes Wort, eine bestimmte Einleitung, irgendetwas Magisches, das von der Fantasie in die Realität führte. Und diesen Schlüssel würde sie finden. Stufe drei (falls Stufe eins und zwei versagten): Die Gefangennahme von Wally, man konnte ihr das Geheimnis nämlich auch anders entlocken und es aus ihr herauspressen, wie aus einer Zitrone.

Einen Moment lang war Trischa versucht, sofort bei Stufe drei einzusteigen, das ersparte Zeit und Mühe. Doch leider bestand die Gefahr, dass die Stelzenprinzessin sich mit ihrer neuen Kunst wehren konnte.

Also der Reihe nach und dann Stufe vier: Die beinhaltete das Erlernen von Wallys Gabe. Und dann kam Stufe fünf: Das Training und die komplette Beherrschung.

Ein guter Plan, dachte Trischa, stellte das Wasser ab und wickelte sich in ihr Handtuch. Sie trat aus der Dusche und wischte mit dem Handrücken über einen der beschlagenen Spiegel.

»Du wirst dich noch wundern, Wally Vanderbeck«, murmelte sie und funkelte ihr Spiegelbild böse an. »Wenn du meinst, dass du es mit mir aufnehmen kannst, hast du dich geschnitten. Und zwar gewaltig.« Außerdem waren da ja auch noch Malle und Nuriel, die ihren Plan hundertprozentig unterstützen würden. Nuriel war zwar ein bisschen hohl in der Birne, aber Malle hegte einen heftigen Widerwillen gegen Jakob, das war unschwer zu erkennen. Und er würde einiges tun, um diesen Kindern am Zeug zu flicken. »Dann zieht euch mal warm an, ihr kleinen Aasgeier«, murmelte Trischa, löschte das Licht und huschte über die Flure zurück in ihr Zimmer.

Wahrheit und Wirklichkeit

Die Sonne schien durch das Dachfenster und kitzelte Wally an der Nase. Neben ihr drehte sich Lisanne unruhig auf ihrer Matratze hin und her, und auch die Zwillinge waren schon wach, blinzelten ins Licht und flüsterten sich leise Dinge ins Ohr. Nur Jakob lag ruhig auf dem Sofa und schlief so fest wie ein Elefant, den ein Narkosepfeil niedergestreckt hatte.

Wally schälte sich aus der muffigen Decke, stakste zum Fenster und öffnete es. Kühle Morgenluft drang in den Speicher, die Dächer blitzten in der Morgensonne, das Gewitter hatte ganze Arbeit geleistet, Schindeln und Ziegel gesäubert und den Dreck weggewaschen.

Wally atmete die kühle Luft ein und warf einen Blick auf ihre neuen Freunde. Auf Lisanne, die wahrscheinlich ganz froh war, mal von zu Hause weg zu sein, auf die Zwillinge, die aufeinander aufpassten wie Schießhunde, und auf Jakob, der im Schlaf lächelte. Neben seinen Mundwinkeln zuckten kleine Grübchen, und das sah umwerfend gut aus. Wally fuhr zusammen und sah ein zweites Mal hin.

Offenbar träumte Jakob etwas Schönes, seine Augenlider flatterten, und für einen kurzen Moment hatte Wally das Gefühl, ihm ganz nah zu sein. Vermutlich lag das an der Geschichte von gestern Abend. Sie warf einen Blick auf die Leinwand mit den Dämonen und Fratzen, aber die sahen heute Morgen harmlos aus, völlig ungefährlich und fast gewöhnlich – das Gewitter war vorbei, und die Nacht hatte ein Ende gefunden.

»Hey, Wally, schon auf?«, nuschelte Lisanne, wühlte sich aus ihrer Decke und stellte sich ebenfalls ans Fenster. Wally begrüßte sie mit einem Lächeln. Dann sprangen die Zwillinge auf, und endlich wurde auch Jakob wach.

»Mann, ich habe so gut geschlafen wie schon lange nicht mehr«, sagte er seufzend und warf einen entsetzten Blick auf seine Uhr. »Leute, es ist Montag, und wir müssen in die Schule!«

Sie waren wirklich spät dran, als sie die Feuertreppe hinunterhechteten, sich im Speisesaal ein paar Brötchen einverleibten und schließlich in alle Himmelsrichtungen auseinanderstoben.

»Sehen wir uns dann heute Abend auf dem Speicher?«, fragte Lisanne noch, und alle nickten.

Doch es sollte anders kommen.

Die Zwillinge hatten sich über Nacht heftig erkältet und mussten auf die Krankenstation. Lisanne erhielt einen Anruf von ihrer Mutter, es ging ihr nicht so gut, und sie wollte sie gern sehen. Lisanne erhielt zwei Tage schulfrei und durfte abreisen. Und Wally führte ein Gespräch mit Tolkien, der ihr in aller Freundschaft erklärte, dass sie mehr für die Schule tun musste, wenn sie nicht sitzen bleiben wollte.

Und so kam es, dass der Dachboden in den nächsten Tagen verwaist blieb. Nein, nicht ganz verwaist, denn Jakob stieg jeden Abend über die Feuerleiter auf den Speicher hinauf, rührte seine Farben an und malte. Irgendwann steckte er sich die Stöpsel seines MP3-Players ins Ohr, denn es war still geworden hier oben. Und auch wenn ihm das früher gefallen hatte, nun vermisste er die Gespräche seiner Freunde, Wallys Erzählungen und die Unterhaltungen während seiner nächtlichen Bildermalerei. Natürlich ahnte er nicht im Entferntesten, dass er Gesellschaft hatte. Draußen vor der Tür, am oberen Ende der Wendeltreppe, saßen Abend für Abend Trischa, Nuriel und Malle. Nicht lange, aber doch immer für ein Stündchen. Abwartend und voller Spannung, denn vielleicht geschah ja doch noch etwas. Aber dem war nicht so, und alles blieb ruhig. Als wäre nie etwas gewesen, nie etwas passiert.

»Wie geht denn nun die Geschichte mit dieser Scheheradingsbums zu Ende?«, fragte Wally an einem der nächsten Nachmittage. Sie saß bei Hakan in der Reihe der wartenden Kunden, trank Salbeitee und genoss die Aufmerksamkeit des gesamten Ladens.

Es hatte sich rumgesprochen, wer sie war und welche Kunst sie beherrschte, wahrscheinlich hatte Hakan nachgeholfen und Werbung mit ihr gemacht. Er bugsierte gerade eine ältere Dame unter die Trockenhaube, seifte einem jungen Mann den Bart ein, wetzte seine Klinge und lachte. »Scheherazade erzählte ihre unvollständigen Geschichten tausendundeine Nacht lang, und dann hatte der König genug, er heiratete sie.«

»Was soll das heißen, er hatte genug?«, empörte sich eine junge Frau. »Scheherazade war einfach clever, und das hat der alte Trottel irgendwann erkannt.«

Hakan verbeugte sich mit einem charmanten Lächeln. »Die Weisheit der Frauen ist auch heute noch unerreicht.«

Die Kundin lehnte sich zufrieden in ihrem Stuhl zurück, und Wally grinste. Unglaublich, wie Hakan das immer hinbekam, und interessant, dass das Märchen gut ausging. Sie hatte nicht damit gerechnet, aber es freute sie.

»Und was ist mit deinen Geschichten?«, fragte Hakan leise, doch Wally schüttelte den Kopf. »Das läuft ganz anders, und ich glaube, sie funktionieren auch nicht.« Und dann erzählte sie einem dankbaren Publikum von der Suche nach ihrem Vater, von der Reise nach Zollhofen und der Annonce in der Zeitung, ihrem gemeinsamen Ausflug und dem Alleingang, die beide nichts gebracht hatten. Schließlich fiel ihr wieder ein, warum sie gekommen war.

»Ich habe noch einen letzten Versuch gestartet«, erklärte sie und berichtete von dem roten Halstuch, der Wildledertasche und dem Gang zum Friseur. »Also, wenn meine Geschichten wahr werden«, sagte sie, »müsste er hier hereinkommen und sich die Haare schneiden lassen.«

Hakan strahlte. »Das ist gut«, sagte er, »sehr gut sogar.« Wallys Ankündigung würde ihm auf Wochen ein gutes Geschäft garantieren, den Laden vollmachen, und tatsächlich waren seine Kunden gleich Feuer und Flamme und überlegten gemeinsam, wie man ihn ansprechen konnte: den großen Unbekannten, der einzig durch ein rotes Halstuch und eine Wildledertasche zu identifizieren war. Und der eine Tochter hatte, von der er vielleicht gar nichts wusste.

»Ich mach das schon, Wally«, versprach Hakan. »Du kannst mir vertrauen. Sollte er hier auftauchen, kommt der so schnell nicht mehr weg.« Dabei zwinkerte er ihr zu und schenkte schnell noch Tee nach. Wally nickte dankbar und war sich sicher, mit dieser Wendung der Geschichte ihrem Ziel ein Stück näher gekommen zu sein.

Am selben Tag noch führte Wally ein Gespräch mit Frau Schilling und Herrn Schweinsteiger. Herr Schweinsteiger trug ein rotes Halstuch, er hatte seine alte Aktentasche gegen eine neue ausgetauscht, und für einen kurzen Moment überlegte Wally, ob es sein konnte … Doch dann schüttelte sie den Kopf und entschied sich dagegen, Herr Schweinsteiger war uralt, seit Jahren glücklich verheiratet, und seine Töchter besuchten bereits die Universität.

Es wurde ein langes und sehr ernstes Gespräch, aber die Erwachsenen waren furchtbar nett und machten ihr keine Vorwürfe. »Wir verstehen, dass dich die Frage nach deinen Eltern quält«, erklärte Herr Schweinsteiger und strich über seinen spärlichen Haarkranz. »Deshalb wollten wir auch mit dir sprechen.«

Frau Schilling ging zum Schrank, zog Wallys Ordner hervor, reichte ihr das Foto, den Brief und den Anhänger. Nachdem Wally die Zeilen ihrer Mutter gelesen hatte – zum zweiten Mal und mit etwas mehr Ruhe –, stellte sie die wichtigste Frage: »Warum glauben Sie, dass meine Mutter tot ist?«

Frau Schilling setzte sich, nahm die schmale Hornbrille von der Nase und blickte in Wallys Augen. »Der Brief ließ das vermuten. Wenn Babys in die Klappe gelegt werden, suchen wir normalerweise nicht nach den Müttern, ihre Anonymität bleibt gewahrt. Aber deine Mutter hat dir einen Brief mitgegeben und sogar ihr Foto. Sie wollte gar nicht anonym bleiben. Also haben wir schon vor einigen Jahren in den verschiedenen Krankenhäusern der Stadt Erkundigungen eingezogen. Und bekamen die Auskunft, dass es sich bei der Frau um Magarete Hansen handeln könnte, die vor etwa elf Jahren an den Folgen einer Krebserkrankung verstarb. Absolute Sicherheit haben wir nicht, wir hatten ja nur das Foto ...«

»Magarete Hansen«, murmelte Wally und griff nach dem Bild. Sie hatte einen Kloß im Hals, spürte Tränen aufsteigen, und Herr Schweinsteiger suchte nach einem Taschentuch.

»Wie gesagt, sicher sind wir nicht«, fuhr Frau Schilling fort. »Frau Hansen hatte keine Angehörigen, die uns hätten weiterhelfen können, und so haben wir die Sache irgendwann zu den Akten gelegt.«

Sie kramte in einer Schublade und reichte Wally das Sterbedokument von Frau Hansen. Und ein Foto, das ein frisches Grab auf einem alten Friedhof zeigte. »Das hat jemand vom Klinikpersonal gemacht, leider wissen wir nicht, wer, und wir kennen auch den Ort nicht, wo sie beerdigt wurde. Es ist ein einziges Durcheinander!«

»Und mein Vater?«, fragte Wally, und für den Bruchteil einer Sekunde flammte ein Funken Hoffnung in ihr auf. Vielleicht wussten die beiden etwas über ihn und hatten auch zu seiner Person Erkundigungen eingezogen.

»Unglücklicherweise haben wir nicht die geringste Ahnung«, sagte Herr Schweinsteiger, und Wally konnte deutlich sehen, wie leid ihm das tat. »Ich bin natürlich immer für dich da, und Frau Schilling gibt ebenfalls ihr Bestes ...«

Wally seufzte. »Ich weiß«, sagte sie, »und ich danke Ihnen. Aber wenn ich meinen Vater finden könnte, wäre das schon etwas ... anderes.«

Frau Schilling lächelte. »Ja, natürlich. Falls du eine Idee hast, wie man das anstellen könnte – wir sind dir jederzeit behilflich.«

Wally stand auf, schnappte sich den Brief, die Kette, die restlichen Unterlagen und die Fotos und drückte Herrn Schweinsteiger und Frau Schilling die Hand.

Für einen kurzen Moment überlegte sie, den beiden von ihren Geschichten zu erzählen, doch sie verwarf den Gedanken. Herr Schweinsteiger war zu alt, um an Märchen zu glauben, und Frau Schilling zu bodenständig. Aber sie hatte ja ihre Freunde und Hakan. Die unterstützten sie, und das musste genügen.

»Das wird wohl nicht nötig sein, aber vielen Dank«, sagte sie leise, nickte den beiden zu und verließ das Zimmer.

Am selben Abend noch sprach sie mit Jakob. Nicht auf dem Speicher, sondern im Hinterhof, neben dem Schweinestall. Wally leistete ihre Höchststrafe ab und freute sich sehr, als plötzlich Jakob erschien.

»Ich hatte Sehnsucht nach dir«, sagte er, und das klang so ehrlich, dass Wally die Spucke wegblieb. Sie teilten sich die Arbeit, und zum ersten Mal in ihrem Leben war Wally dankbar für Höchststrafen, Stallausmisten und Schweinegrunzen.

»Ist etwas passiert, gibt es was Neues?«, fragte Jakob, und Wally erzählte von ihrem Gespräch mit Frau Schilling und Herrn Schweinsteiger. Dann zeigte sie Jakob das Foto ihrer Mutter und das Bild vom Grab. »Leider gibt es nicht den kleinsten Anhaltspunkt, wo das sein könnte«, sagte Wally.

»Ja, aber hier sind Schienen zu sehen«, murmelte Jakob. »Da neben dem Friedhof führen Gleise vorbei, vielleicht ...«

Er unterbrach seinen Gedankenfluss. »Magst du mir das Bild ein paar Tage leihen? Du bekommst es ganz sicher zurück.«

Wally überlegte einen Moment und nickte dann. »Bei Hakan ist immer noch niemand aufgetaucht«, sagte sie plötzlich leise und ließ den Kopf hängen. »Ich glaube, meine Geschichten funktionieren nicht.«

Doch sie hatte nicht mit Jakobs Sturheit gerechnet.

»Nein, nein, nein. Es läuft genau so, wie du sagst.« Er senkte die Stimme, dirigierte sie zu einer Mauer am Rande des Schweinekobens und setzte sich. »Seit dieser Nacht am Speicher habe ich keine Schmerzen mehr«, wisperte er. Erstaunt blickte Wally ihn an, dann schüttelte sie den Kopf. »Das liegt an dem Wärmepflaster. Das solltest du öfter …« Doch Jakob hörte gar nicht zu, er war wie beseelt und überzeugt von Wallys Kunst. »Muss ich jetzt auch mit dir streiten? Mir hat schon Lisanne gereicht. Glaub mir, deine Geschichten funktionieren!«

Wally setzte sich neben ihn, atmete tief durch und wunderte sich. Auf seltsame Art und Weise ging es gar nicht mehr nur um ihren Vater, sondern plötzlich auch noch um ganz andere Dinge.

»Deine Schmerzen sind weg?«, fragte sie verblüfft, und Jakob nickte.

»Natürlich werden sie wiederkehren«, sagte er, »und das weiß ich auch. Aber im Moment ist Ruhe, und das ist einfach herrlich!«

Wally griff nach seiner Hand, drückte sie und lächelte.

Lisanne kam zwei Tage später zurück, und bis die Zwillinge fieberfrei waren, wurde es Donnerstag und schließlich Freitag.

Im Frisiersalon war immer noch niemand mit einem roten Halstuch und einer Wildledertasche aufgetaucht, doch Hakan ließ sich nicht entmutigen.

»Wir müssen einfach noch ein bisschen abwarten«, erklärte er ein ums andere Mal, und die Kunden in seinem Laden sahen das ganz genauso, machten Wally Hoffnung und versprachen, die Augen offen zu halten, nicht nur hier bei Hakan, sondern auch in der Stadt, in den Straßen und vor ihren Wohnungen.

Am Freitagvormittag betrat Tolkien das Klassenzimmer, und auch er trug seltsamerweise heute ein rotes Halstuch. Aber da seine Schultasche so speckig glänzte wie immer, verwarf Wally auch diesen Gedanken sofort wieder und seufzte bei der Vorstellung, dass vermutlich irgendein Kaufhaus rote Halstücher im Sonderangebot anpries und sich alle Männer mit Dutzendware eindeckten. Und das ausgerechnet jetzt, wo sie nach ihrem Vater suchte.

Eine Reise in die Unterwelt

Wally hatte eine harte Woche hinter sich, ohne die geringste Verschnaufpause. Zum einen wegen der Schule und den Hausaufgaben und zum anderen wegen der Strafarbeiten, die ihre Abendstunden komplett ausfüllten. Nach der Wäscherei und dem Ausmisten des Schweinekobens hatte sie Rasen mähen und Gemüsebeete jäten, Teller waschen und Fenster putzen müssen. Und so war sie jeden Abend um neun Uhr ins Bett gefallen, todmüde und mit nur noch dem einen Wunsch, nämlich endlich schlafen zu dürfen. Doch das Wochenende veränderte die Situation, und zwar schlagartig.

Am Samstag saß sie zum ersten Mal wieder gemeinsam mit ihren Freunden beim Frühstück und besprach zwischen Rühreiern, Müsli und Marmeladenbrötchen alle Neuigkeiten. Da segelte auf einmal Frau Schilling mit der Nachricht herein, dass Jakobs Onkel die Kinder zu einer U-Bahn-Fahrt eingeladen hatte. »Heute um 10.15 Uhr am Adenauerplatz«, erklärte Frau Schilling. »Die Lunchpakete sind schon fertig, und ich wünsche euch viel Spaß!« Die Küchenhilfe schob prall gefüllte Papiertüten über den Tisch, und die Freunde verließen aufgeregt den Speisesaal.

»Um Viertel nach zehn am Adenauerplatz«, wisperte Trischa ihren Freunden zu, und ihre Augen leuchteten.

»Na, dann wollen wir doch mal sehen«, zischte Malle. Nuriel lächelte so geheimnisvoll wie eine Sphinx, und dann machte sich auch diese Gruppe auf den Weg, ganz ohne Lunchpakete und gute Wünsche, aber das war auch nicht nötig.

Nuriel versenkte schnell noch ein paar Scheiben Brot in ihrer Tasche, und Malle schnappte sich zwei Stück Käse, das musste genügen für den heutigen Tag, schließlich gab es Wichtigeres als einen vollen Magen.

Als die U-Bahn in die Haltestelle »Adenauerplatz« einfuhr, standen Jakob und seine Freunde schon ganz vorne am Bahnsteig. Onkel Achim öffnete die Tür zum Fahrerhäuschen, und die Kinder drängten hinein. »Ein Hallo gibt's später«, sagte er nur, dann schloss er auch schon mit einem Knopfdruck die Türen, legte den Gashebel um, und die Bahn rauschte in den dunklen Schlund des Untergrunds und gewann an Fahrt. In einem Wahnsinnstempo donnerte der Zug ins schwarze Nichts, in die Dunkelheit der Unterwelt, das Reich der schwarzen Schatten.

»Uhuu«, riefen Robin und Sina wie aus einem Mund, klammerten sich aneinander, und die Mädchen griffen ans Armaturenbrett, um sich festzuhalten. Dort blitzten jede Menge Lampen auf, kleine Leuchten zeigten Geschwindigkeit und Entfernungen an. Onkel Achim zog den Gashebel zurück, und dann waren in der Ferne auch schon die Lichter der nächsten Station zu sehen, Menschen warteten am Bahnsteig, die Bahn wurde langsamer und rutschte gemächlich in die nächste Haltestelle.

»Ich bin Achim, der Onkel von Jakob«, stellte sich ihr Gastgeber vor, als der Zug endlich hielt, und schüttelte allen die Hand.

Ein Signal im Tunnel zeigte ein großes ›T‹. ›Türen schließen‹, erklärte Achim und drückte auf einen Knopf. Das Signal wechselte zu einem grünen Kreis, Achim schob den Gashebel nach hinten, und die Fahrt begann erneut.

»Ihr müsst darauf achten, was ihr in der Dunkelheit seht«, sagte er irgendwann. »Hier unten hausen Schatten und Nachtgestalten, greifen uns an oder wollen eine Botschaft übermitteln.« Bei diesen Worten grinste er, und auch Jakob musste lächeln.

Lisanne schüttelte den Kopf. Jakobs Onkel hatte ja ordentlich Fantasie. Welche Schatten und was für Nachtgestalten? Und welche Botschaft sollte das sein?

»Werwölfe«, sagte Wally plötzlich und deutete auf gelb glimmende Punkte vor ihnen, Warnsignale, die an der Strecke aufglimmten wie feurige Augen.

Jakobs Onkel ging vom Gas. »An denen müssen wir langsam vorbeifahren, die sind gefährlich«, wisperte er und grinste. »Feuerdrachen rechts vorne«, schrie Robin plötzlich, deutete auf eine Handvoll rot glühender Punkte, und Onkel Achim bremste. »Gut aufgepasst, danke!«

Und schließlich gab auch Lisanne ihre Zurückhaltung auf. Als die Signale auf Grün sprangen, zischte sie »Gas geben, Verfolgung von hinten«.

Onkel Achim legte den Hebel um, der Zug gewann an Fahrt, und die Zwillinge kreischten vor Vergnügen.

Und dann stieg der Zug aus den Tiefen der Dunkelheit auf, quälte sich auf die Brücke der Hochbahn und fuhr im sonnigen Tageslicht durch Häuser und Siedlungen, an Fabriken und altem Gemäuer vorbei.

»St. Quentin«, sagte Onkel Achim plötzlich, und Jakob lächelte. »Ja, St. Quentin«, antwortete er.

Die Kinder starrten auf das Gebäude, das irgendwie klein wirkte neben den Gleisen der Hochbahn. Jahrelang hatten sie dem Rauschen und Scheppern der Bahnen gelauscht, den Lärm verflucht oder sich mit dem Zug in weite Ferne geträumt, und nun saßen sie selbst darin, ganz vorne im Fahrerhäuschen.

»Jakob hat mir das Bild vom Grab gezeigt«, sagte Onkel Achim plötzlich und wandte sich an Wally. »Deine Mutter, also ich meine ...«

»Eigentlich suche ich meinen Vater«, erklärte Wally schnell, auf gar keinen Fall wollte sie jetzt über ihre Mutter sprechen. »Alles deutet darauf hin, dass er momentan ein rotes Halstuch trägt und eine Wildledertasche.«

Onkel Achim lächelte, das Mädchen hatte offenbar einen neuen Anhaltspunkt, einen etwas seltsamen zwar, doch es freute ihn, und er griff nach seinem Mikrofon. »Wer heute ein rotes Halstuch trägt, möge bitte an der nächsten Station nach vorne zum Fahrer kommen.«

Prompt erschienen an der nächsten Haltestelle zwei Männer, etwas erstaunt der eine und lachend der andere.

Wally zog das Foto ihrer Mutter aus der Tasche. »Kennen Sie diese Frau?«, fragte sie die beiden, doch leider schüttelten sie den Kopf. Nein, sie kannten sie nicht, aber nun war ein Anfang gemacht, und Wally wusste, wie es weitergehen sollte. Sie hatte das Foto und musste es jedem unter die Nase halten, der ein rotes Halstuch trug. Und Onkel Achim war kooperativ, er wiederholte die Ansage noch ein paarmal, und immer wieder kamen Leute, erstaunt, verwirrt oder zu Späßen aufgelegt.

»Kommen wir jetzt ins Fernsehen?«, fragte einer, und ein anderer erhoffte sich einen Gewinn, wenn er Ja sagte. Die Stimmung wurde immer besser.

»Gleich kommen wir nach Winsbüttel«, sagte Onkel Achim plötzlich und verlangsamte die Fahrt. »Dort gibt es einen Friedhof, direkt neben den Gleisen. Jakob hat mir doch das Bild von der Grabstelle gezeigt, und ich dachte sofort an Winsbüttel. Ich fahre so oft hier vorbei …«

Wally erstarrte und konnte keinen klaren Gedanken mehr fassen. »Sie meinen, dort könnte das Grab meiner Mutter …?«

Onkel Achim nickte. »Wollt ihr einfach mal nachsehen? Ich fahre weiter bis zur Endstation, drehe um und bin in fünfzig Minuten wieder hier. Das dürfte reichen, oder?«

Wally nickte benommen, und ihre Freunde schulterten bereits die Rucksäcke. Als der Zug dann hielt, sprangen sie aus der Bahn und eilten die Gleise entlang zum Friedhof. Sie hatten es eilig, drehten sich nicht um und bemerkten deshalb auch ihre Verfolger nicht, die ebenfalls ausgestiegen waren und ihnen dicht auf den Fersen blieben.

»Was wollen die denn auf dem Friedhof?«, fragte Malle, doch Trischa legte den Zeigefinger auf ihre Lippen. »Das werden wir gleich sehen«, wisperte sie, und sie sollte recht behalten.

Der Friedhof lag nicht weit von der Bahnstation entfernt, Wally öffnete das schmiedeeiserne Tor und betrat den Kiesweg, der unter ihren Schuhsohlen knirschte wie harschiger Schnee unter Skiern. Ihre Augen flogen über die Grabsteine, und es dauerte auch gar nicht lange, dann hatte sie gefunden, was sie suchte.

Die Entdeckung raubte ihr ganz plötzlich den Atem, mit letzter Kraft ließ sie sich auf das kleine Mäuerchen fallen, das ein Beet Vergissmeinnicht und Stiefmütterchen einfriedete, und starrte auf den Stein. »Margarete Hansen«, stand in schwarzer Schrift auf weißem Granit. »10.10.1979 – 26.10.2000. Ruhe in Frieden.« Einundzwanzig Jahre alt war die junge Frau geworden … Wally schnappte nach Luft, Tränen bohrten sich durch Zurückhaltung, Hoffnung und Trauer und fluteten schließlich, wie beim Bruch eines Staudamms, über alles hinweg.

Jakob griff nach den Zwillingen, nickte Lisanne zu, und die vier schlichen davon. Aber Wally bemerkte das gar nicht. Weder, dass ihre Freunde verschwanden, noch, dass sich ihre Erzfeinde langsam heranpirschten wie stinkende Kojoten.

Sie starrte nur auf die Stiefmütterchen, und ihre Gedanken schlitterten im Quadrat, streiften Erinnerungen an ihre Kindertage in St. Quentin, blieben bei der ewigen Frage nach ihrer Mutter hängen, bei einer Frau, die ihr Kind nicht gewollt und vermutlich auch nicht geliebt hatte, wie sie lange Zeit geglaubt hatte. In späteren Jahren hatte sie gedacht, dass ein Notfall oder ein Versehen dazu geführt hatte, dass sie in der Babyklappe von St. Quentin gelandet war. Und dass ihre Mutter eines Tages käme und sie holte, wenn alles geklärt war, die Frau mit wehendem Mantel und zerrissenen Strümpfen. Hier ruhte sie und konnte Wally nicht mehr holen, all die Jahre Hoffen waren umsonst gewesen.

Gleichzeitig empfand Wally eine unendliche Dankbarkeit dafür, dass ihre Mutter hier lag und nicht in Amerika durch Bars tingelte, in Frankreich mit einer neuen Familie lebte oder gar in der eigenen Stadt wohnte und sie einfach vergessen hatte. Nein, dieses Grab war ihre Entschuldigung und die einzige, die Wally gelten lassen konnte, somit war eigentlich alles gut. Bis auf die Tatsache, dass sie ihre Mutter niemals kennenlernen würde, und das war entsetzlich, so unbeschreiblich traurig … Ein neuerlicher Strom von Tränen rann über ihre Wangen. Wally zog ein Taschentuch aus dem Rucksack, dann stutzte sie und starrte auf die Blumen.

Das hier war ein äußerst ordentliches, gepflegtes Grab. Aber Frau Schilling hatte doch gesagt, es gab keine Familie mehr, niemanden, der Auskunft geben oder sich um irgendetwas kümmern konnte … Verwirrt schüttelte Wally den Kopf, murmelte einen Abschiedsgruß und machte sich auf die Suche nach einem Verantwortlichen, dem Pfarrer, einem Landschaftspfleger oder Friedhofsgärtner, und Letzteren fand sie schließlich auch.

»Das Grab von Margarete Hansen«, stammelte sie. »Wer kümmert sich darum, wer bezahlt das?«

Der Gärtner war ein uralter Mann mit jeder Menge Zahnlücken und einem schiefen Grinsen. »Ach, Margarete Hansen«, knurrte er. »Nein, die hat keine Verwandten. Wir haben hier eine Stiftung für solche Gräber, ein paar Frauen aus dem Ort kümmern sich darum, damit die Toten nicht in Vergessenheit geraten.«

»Sind Sie sicher?«, fragte Wally, und die Enttäuschung kroch aus ihrer Stimme wie ein Wurm aus einem fauligen Apfel.

Der Gärtner nickte. »Sicher«, sagte er. »Warum fragst du?« Wally schluckte. »Magarete Hansen könnte meine Mutter gewesen sein. Aber ich weiß es nicht genau, ich habe viel zu wenig Informationen.«

Dann machte sie auf dem Absatz kehrt und rannte zur Eingangspforte, wo ihre Freunde bereits auf sie warteten.

Wenige Minuten später wurde der Gärtner erneut befragt, wiederum zum Grab von Margarete Hansen. Was ist denn heute nur los?, dachte er, als eins der Kinder wissen wollte, wonach Wally sich erkundigt hatte.

»Sie dachte wohl, das könnte ihre Mutter sein«, knurrte der Gärtner. »Die Ärmste hat kaum Informationen«, und damit drehte er sich um, griff nach dem Spaten und widmete sich wieder seiner Arbeit.

»Danke«, sagte Wally, als die Freunde wieder bei Onkel Achim einstiegen. »Sie hatten tatsächlich recht. Jetzt muss ich verstehen, wer ich eigentlich bin, und deshalb erzähle ich Geschichten. Weil sie vielleicht wahr werden. Und weil ich hoffe, über sie meinen Vater zu finden.«

Achim drückte den Gashebel nach vorne. »Jakob hat mir davon erzählt. Wir erzählen uns auch Geschichten, allerdings werden die nicht wahr. Aber das spielt keine Rolle. Erzählen heißt, dass jemand zuhört. Und das ist wichtig, das Wichtigste auf der Welt.«

Und während Wally noch darüber nachdachte, huschte ein Lächeln über Lisannes Gesicht. »Mit mir und meiner Mutter funktioniert das auch so«, sagte sie, und aus ihrer Stimme war ein gewisser Stolz herauszuhören. Ein Stolz, der sie selbst überraschte.

»Dann kannst du dich glücklich schätzen«, sagte Achim, und Lisanne dachte in diesem Moment das Gleiche. Sie musste nicht zum Friedhof fahren, um ihre Mutter zu besuchen, keine Fotos herumzeigen und auf die Ehrlichkeit fremder Menschen hoffen. Ihre Mutter lebte, und auch wenn ihre Geschichten manchmal etwas zu bunt gerieten, es gab sie, und bei Licht betrachtet waren sie wunderschön. Denn sie bedeuteten Leben und jede Menge Fantasie, Vertrauen und Zweisamkeit.

In derselben U-Bahn saßen Malle, Trischa und Nuriel, nur ein paar Wagen weiter hinten. »Ich habe die Stelzenprinzessin noch nie heulen sehen«, sagte Nuriel, und Malle grinste.

Trischa nickte, sie war in Gedanken versunken und wollte nicht gestört werden. Mit dieser Margarete Hansen hatte sie ein Druckmittel, eine Schwachstelle gefunden. Das Thema Eltern hatte Wally schon immer zu den seltsamsten Spekulationen veranlasst, und nun glaubte sie, ein Grab gefunden zu haben, das Grab ihrer Mutter? Und was hatte der Gärtner gesagt? Sie hat zu wenig Informationen. Trischa legte ihre Stirn in Falten und dachte angestrengt nach. Wenn sie es nur geschickt anstellte, konnte sie vielleicht … natürlich, das würde funktionieren. Aufatmend lehnte sie sich zurück und schloss die Augen, ein wundervoller Ausflug, der sich auf jeden Fall gelohnt hatte.

Von Märchenklau und feindlicher Übernahme

Egal, wie groß eine Stadt auch war, blickte man von oben auf sie herunter, verschwammen die Dimensionen. Die Häuser schienen nicht viel größer als Legosteine, und Parkanlagen wurden zu grünen Fußabdrücken im Beton. Die schrillen Geräusche der Autos und Hochbahnen verloren sich zwischen den Häuserzeilen. Tagsüber machten sie dem Wind und der Sonne Platz, nachts dem einsamen Ruf der Vögel, dem Mond und den Sternen.

Es war schon dunkel, als die Freunde über die Feuertreppe auf den Speicher schlichen. Wally lehnte sich gegen das Geländer, warf einen Blick nach unten und staunte über die Lichter der Autos, die sich so schnell bewegten, dass sie Farbschlangen in die Dunkelheit zauberten, bunte Linien am Boden der Stadt. Sie begann zu frösteln.

»Schnell auf den Speicher«, sagte sie, griff nach Robin und Sina und stieg die letzten Stufen nach oben.

Im Durcheinander des Dachbodens fühlten sich die Freunde mittlerweile wie zu Hause, Jakob gelangte blind zum Lichtschalter, die anderen pirschten zielsicher zum Sofa und ließen sich aufatmend fallen, begutachteten die Bilder, die Jakob während der letzten Woche gemalt hatte, und quatschten, was das

Zeug hielt. Sie hatten heute jede Menge erlebt, und das musste erst einmal durchgekaut werden, wie ein Kaugummi oder ein saftiges Steak.

»Was ist eigentlich mit deiner Mutter?«, fragte Wally schließlich und blickte Lisanne an. »Wie war dein Besuch? Du hast noch gar nichts erzählt.«

»Schwierig«, entgegnete Lisanne und erzählte von Therapien und Tabletten, auf die Frau Templer »eingestellt« werden musste, so nannte man das. Es war keine ganz einfache Sache und dauerte, ihre Mutter litt an Stimmungsschwankungen und hatte Sehnsucht nach ihrer Tochter. »Deshalb bin ich auch hingefahren«, sagte Lisanne, »und eine der Therapeutinnen hat lange mit mir gesprochen. Es braucht jetzt Zeit, Geduld und viel Zuwendung. Aber ich bin guter Hoffnung, dass die Ärzte die Krankheit in den Griff kriegen.« Und das war sie wirklich, spätestens seit dem heutigen Ausflug, der ihr – auf eine seltsame Art – wieder Mut gemacht hatte. »Lasst uns mit der nächsten Geschichte anfangen«, sagte sie schnell. »Ich bin gespannt, wie es weitergeht.«

Jakob schraubte seine Farben auf, vermengte sie und suchte nach einem geeigneten Pinsel. »Ich freue mich auch schon«, sagte er. »Vielleicht sollten wir …« Doch weiter kam er nicht, denn in diesem Moment krachte und rumpelte es ohrenbetäubend, die Tür sprang auf, und herein marschierten Trischa, Malle und Nuriel.

»Aber hallo, wen haben wir denn da?«, zischte Trischa, und ihre Stimme triefte vor Zufriedenheit.

»Wie kommt ihr auf den Speicher?«, fragte Jakob verwirrt. »Wie kann das sein? Die Windhart hat alles abgesperrt.«

»Ihr seid doch auch hier«, konterte Malle und grinste fies.

Die drei schnappten sich Schemel und Kisten, ließen sich gemütlich darauf nieder, und es sah fast so aus, als wollten sie auf dem Dachboden festwachsen und nie wieder gehen.

»Das ist unser Revier«, fauchte Wally. »Und ich würde euch raten, schnellstens zu verschwinden, sonst …«

»Sonst was?«, fragte Trischa hämisch. Sie schüttelte ihre langen Haare und lachte, lehnte sich zurück und genoss den Augenblick der Verwirrung, dann blickte sie Wally direkt in die Augen.

»Kommen wir zur Sache«, sagte sie und klang jetzt wie eine Geschäftsfrau, die schnell noch ein paar berufliche Dinge erledigen musste, bevor sie nach Hause zu ihrer Familie fuhr. »Deine Mutter heißt Margarete Hansen, und du suchst nach Anhaltspunkten zu ihrer Person.«

Wally schnappte nach Luft, Lisanne und Jakob waren wie versteinert.

»Du kennst sie?«, fragte Robin, und Sina zitterte.

Trischa grinste. »Wohl kaum, aber ich habe Informationen, die Wally helfen könnten. Vorausgesetzt …«

»Vorausgesetzt was?«, fragte Wally entgeistert, und ihre Gedanken fuhren Achterbahn. Was wusste Trischa über ihre Mutter? Woher hatte sie den Namen, was verband sie mit ihr, und welche Informationen konnte sie ihr geben?

»Vorausgesetzt, du erzählst eine Geschichte, die mir und meinen Freunden weiterhilft. Wir haben gehört, dass deine Märchen wahr werden. Wenn du eine Geschichte für uns fabrizierst, gebe ich dir die Informationen, die du brauchst.« Während sie das sagte, zog sie einen Zettel mit ihren Wünschen aus der Jackentasche und reichte ihn der Stelzenprinzessin.

Das war keine ganz leichte Übung, selbst für Trischa nicht, denn auf dem Zettel standen sehr geheime und persönliche Dinge, und hier saßen keine Freunde, sondern stinkende Pestbeulen und räudige Ratten. Aber Trischa war eindeutig in der besseren Position, sie konnte Wally auch einfach verprügeln, ihr ein paar Zähne ausschlagen oder die ganze Brut verpetzen ...

Wally griff nach dem Zettel, warf einen Blick darauf und verkniff sich ein Grinsen. Die Wünsche schienen auf den ersten Blick lächerlich, doch der ungebetene Besuch konnte recht skrupellos sein. Und die Zwillinge waren schließlich auch noch hier, saßen mit aufgerissenen Augen auf dem Sofa und zitterten wie Farne im Wind.

Wally hatte also keine Wahl, außerdem wusste diese Drecksbande etwas über ihre Mutter. Sie warf einen erneuten Blick auf den Zettel und biss auf ihrer Unterlippe herum. *Julio aus der Neunten soll sich in mich verlieben,* stand da. *Nuriel möchte bessere Noten in Mathe, und Malle will Fußballstar bleiben, auf gar keinen Fall wird Jakob ihm das vermiesen.*

Wally konnte einfach draufloserzählen, so wie an den Abenden zuvor. Doch leider war sie alles andere als sicher, dass ihre Geschichten auch Wirklichkeit wurden, und das war in diesem Fall eine gefährliche Sache. Denn Trischa würde sie in der Luft zerreißen, den Treffpunkt verraten, ihr auflauern, in ihren Teller spucken, ihre Vorräte plündern und sie anschwärzen, wo sie nur konnte. Wenn Wally also nicht in der Hölle landen wollte, musste sie es klug anstellen, äußerst klug sogar.

»Beginnst du mit einem Bild?«, fragte sie, und während Jakob die Aufmerksamkeit der ungebetenen Gäste für ein paar Sekunden auf sich lenkte, dachte Wally angestrengt nach. Vielleicht konnte sie es ja ganz einfach angehen, völlig harmlos. Sie kannte diesen Julio vom Sehen. Das war ein arroganter Typ, der auf dem Schulhof jede Menge Mädchen um sich scharte, aber er hatte auch seine guten Seiten, engagierte sich bei Pro Asyl und Amnesty International und zeigte ein Herz für Arme und Schwache. Wally grinste.

»Okay«, sagte sie leise, »dann beginnen wir mal. Trischa wird morgen auf dem Schulhof einen kleinen Unfall haben, nichts Ernstes«, fügte sie schnell noch hinzu, als sie Trischas wütenden Blick sah. »Ein Stolpern, ein verstauchter Knöchel. Es ist keiner ihrer Freunde in der Nähe, Julio wird aufmerksam, bietet seine Hilfe an, und Trischa bittet ihn, sie ins Sekretariat zu bringen. Und nun hat sie fünf Minuten mit ihm ganz alleine. Fünf Minuten, in denen sie weder arrogant noch schleimig oder hinterhältig sein darf, sonst funktioniert es nämlich nicht. Und wenn sie das schafft, kann sie aus den fünf Minuten mehr machen. Aber nur dann …«

Jakob und Lisanne verbissen sich ein Lachen, und Wally fuhr fort: »Nuriel wird in den nächsten Tagen kein leichtes Spiel haben, der Mathelehrer hat sie auf dem Kieker. Also setzt sie sich gleich morgen früh hin, macht ihre Hausaufgaben und lernt. Und Malle? Er trainiert weiterhin im Fußballverein. Eigentlich ist es egal, ob Jakob dem Verein beitritt oder nicht …«

Hier stockte Wally, sah in das erstaunte Gesicht von Jakob und wusste, dass sie jetzt nichts Falsches sagen, mit keinem Wort Jakobs Krankheit erwähnen oder ihn sonst irgendwie bloßstellen durfte.

»All das ist egal, weil Malle der Champion ist und bleiben

wird. Jakob wird ihm diesen Titel nicht streitig machen.« Dieser Satz versetzte Wally einen Stich, aber er kam der Wahrheit vermutlich ziemlich nahe, Jakob konnte ihm den Titel nicht streitig machen, selbst wenn er wollte.

»Und noch etwas«, fügte sie hinzu. »Sollte sich einer von euch noch einmal hier oben blicken lassen oder unseren Treffpunkt verraten, verkehrt sich alles, was ich gerade erzählt habe, ins jämmerliche Gegenteil. Habt ihr das verstanden?«

Trischa und ihre Freunde guckten ziemlich perplex aus der Wäsche, doch Wallys Ansage war klar und deutlich, und dieses Risiko würde vermutlich keiner von ihnen eingehen.

»Und jetzt die Infos zu meiner Mutter«, sagte Wally, doch Trischa schüttelte den Kopf. »Erst werden wir überprüfen, ob deine Geschichten wirklich in Erfüllung gehen«, knurrte sie. »Dann sehen wir weiter.« Und mit diesen Worten verschwanden die Feinde, rauschten grußlos durch die Tür und polterten die Wendeltreppe hinunter.

»Puh«, machte Lisanne, und die Zwillinge wagten noch immer keinen einzigen Laut.

»Ich hoffe, ich habe nichts Blödes gesagt«, wisperte Wally. »Wegen dem Fußball und so …«

Jakob legte den Pinsel beiseite, drehte sich um und grinste. »Du bist der Wahrheit ziemlich nahe gekommen. Auch wenn sie mir selbst nicht gefällt, aber das war völlig okay.« Und dann plapperten und schnatterten alle gleichzeitig los.

»Ob sie wirklich etwas über Margarete Hansen weiß?«, fragte Lisanne.

»Und woher kennt sie den Namen überhaupt?«, überlegte Jakob. »Es würde mich nicht wundern …«

»Die Typen sind einfach eklig«, sagte Robin, und Sina nickte. »Eklig. Warum sollte sich jemand in die Tussi verlieben?«

Die Freunde lachten, dann wurden sie aber ganz schnell wieder ernst. Ihr Geheimquartier war entdeckt worden, hoffentlich wurden sie nicht verpetzt und flogen auf.

»Nein, die drei kommen nicht mehr ungebeten hierher«, sagte Lisanne und rieb sich die Hände. »Sonst verliert Trischa ihren Julio und Malle seinen Titel, dieser Schachzug war genial!« Und dabei strahlte sie Wally an, als hätte ihre Freundin soeben die lang gesuchte Weltformel in Physik errechnet, ein Mittel gegen Aids entdeckt oder den Hunger in Afrika gestillt.

Am nächsten Vormittag stand Trischa auf dem Schulhof, ganz in der Nähe ihres Schwarms, der natürlich schon wieder umringt war von den Schönen der Schule, laut lachte und Trischa wieder mal keines Blickes würdigte.

Ein kleiner Unfall, hatte die Stelzenprinzessin gesagt, der war schnell herbeigeführt. Schwieriger wurde es danach: fünf Minuten ohne Arroganz, Schleimerei oder Hinterhältigkeit. Was blieb da noch, womit sollte sie Julio beeindrucken? Sie hatte nicht die geringste Ahnung. Aber wenn Wallys Geschichten wahr wurden, musste sie sich einfach daran halten, dann konnte nichts schiefgehen, egal, wie blöd sie sich dabei vorkam.

Sie machte einen Schritt über einen Pflasterstein, rief laut »Aua« und brach mitten auf dem Schulhof zusammen. Niemand beachtete sie und am allerwenigsten Julio, doch als sie noch ein wenig lauter rief, jammerte und sich im Liegen den Knöchel rieb, kam er plötzlich angelaufen. Trischa glaubte es selbst kaum, aber es funktionierte.

»Hast du dir wehgetan?«, fragte er besorgt, griff unter ihre Arme und zog sie hoch.

»Ich glaube, ich habe mir den Fuß verletzt«, wimmerte sie. »Könntest du mich wohl ins Sekretariat bringen?«

Julio nickte, verabschiedete sich mit einem Winken von seinen Fans und war nun ganz für sie da. Trischa hängte sich bei ihm ein und humpelte Schritt für Schritt neben ihm her.

»Kenne ich dich von irgendwo her?«, fragte Julio, und Trischa wollte schon lospoltern, schließlich war sie die Tollste ihres Jahrgangs, und was fragte er so blöd? Doch dann erinnerte sie sich an ihre Auflagen und zuckte matt mit den Schultern.

»Ich kenne dich«, sagte sie. »Nur aus der Ferne, aber ich finde dich sehr nett.« Himmel, wie peinlich war das denn?

Doch Julio lächelte sie fasziniert an. »Das sagen mir wenige Leute«, erklärte er, und seine Zähne blitzten wie in einer Werbung für Zahnpasta. »Ein schönes Kompliment, danke!« Er griff ein wenig fester unter Trischas Arme, und es hätte nicht viel gefehlt und seine Schutzbefohlene wäre dahingeschmolzen wie Vanilleeis in der Sonne.

»Hast du viele Freunde?«, fragte Julio. Tausende, wollte Trischa schon sagen, konnte sich aber gerade noch rechtzeitig auf die Lippen beißen. »Zwei«, sagte sie stattdessen, »und die sind sehr nett. Leider waren sie gerade nicht da, als ich gestürzt bin.«

»Dafür hast du ja jetzt mich«, erwiderte Julio und lieferte sie vor der Tür des Sekretariats ab. »Geht das so? Kommst du klar?«, fragte er noch, und als die Verletzte nicht antwortete, lachte er übers ganze Gesicht. »Ich bringe dich noch hinein. Und wenn du mal ein Eis essen möchtest …« Er zückte einen Stift und kritzelte seine Handynummer auf ihren Unterarm.

Trischa blieb in diesem Moment das Herz stehen vor Glück. Verdammter Mist, die Stelzenprinzessin hatte sie gerettet, und ihre Geschichten wurden wahr, wer hätte das gedacht! Als Julio sie dann auch noch umarmte und ihr einen Kuss auf die Wange drückte, hing der Himmel voller Geigen, und ein Orchester strich den Hochzeitsmarsch. Verdammt, war das gut, dachte Trischa und jubilierte.

Nuriel wurde noch an diesem Vormittag von ihrem Mathelehrer an die Tafel geholt, wo eine unfertige Gleichung auf sie wartete, in weißer Schrift auf grünem Grund. Allen Erwartungen zum Trotz löste Nuriel die Aufgabe relativ eigenständig und erhielt dafür eine Drei. Eine Drei war natürlich nicht ganz so schön wie eine Zwei oder gar eine Eins, aber auf alle Fälle besser als die sonst übliche Fünf, und Nuriel atmete erleichtert auf.

Malle spielte an diesem Nachmittag so erstklassig wie schon lange nicht mehr. Dribbeln, Ball abgeben, ein langer Pass, die Vorlage zu einem Tor. Die Mannschaft brüllte, und der Trainer hieb Malle in der Kabine auf die Schultern. »Du bist einfach der Beste«, sagte er.

»Keine Konkurrenz in Sicht?«, fragte Malle, doch der Trainer schüttelte den Kopf. »An wen denkst du?«

»An Jakob«, erwiderte Malle und zählte die Sekunden bis zur Antwort.

»Jakob?«, fragte der Trainer und seufzte. »Nein, der würde gern, aber das geht nicht, persönliche Probleme.«

Und damit war auch für Malle der Tag gerettet, dieser, der kommende und alle restlichen des Jahres. Äußerst genial, dass Trischa auf die Idee gekommen war, die Stelzenprinzessin und ihre seltsamen Märchen für eigene Zwecke zu missbrauchen.

Offenbar wurden ihre Geschichten tatsächlich wahr, was Malle in diesem Fall zutiefst erfreute.

Doch er erinnerte sich gut, was Wally gesagt hatte: Sie mussten sie in Zukunft in Ruhe lassen, sonst verkehrten sich die Dinge ins Gegenteil. Und darauf hatte er nun wirklich keine Lust.

Trischa sah die Sache jedoch ein wenig anders. Sie hatte zwar Erfolg gehabt, doch den verdankte sie Wally, der ekligen Stelzenprinzessin, die sie aus ganzem Herzen verabscheute. Also musste sie schleunigst an das Wissen dieser Göre herankommen, um selbst Geschichten erzählen zu können. Schritt eins (die Beschattung) hatte wunderbar geklappt, doch nun kam Schritt zwei, das Belauschen. Irgendwo in Wallys Geschichten war das Rätsel versteckt, das den Weg von der Fantasie zur Realität öffnete, der magische Schlüssel, den sie unbedingt brauchte. Um in Zukunft eigene Geschichten erzählen zu können, um in Ruhm, Anerkennung und Wohlstand zu leben. Ganz so, wie sie sich das immer erträumt hatte.

Hakan und sein Frisiersalon

Es war ein wunderbarer Morgen, und die Sonne schickte ihre ersten Strahlen in die kühlen Straßen. In der Grabengasse bauten Obst- und Gemüsehändler ihre Stände auf, drapierten Spitzkohl, Peperoni und riesige Wassermelonen auf hölzernen Gestellen.

Hakan stand in der Tür seines Frisiersalons, nippte an seinem Tee und genoss das bunte Treiben der frühen Morgenstunden. Er hatte ein seltsames Gefühl im Bauch, fast so, als wäre dies kein gewöhnlicher Tag, als wartete heute eine Überraschung auf ihn.

Und so war es dann auch.

Um die Mittagszeit herum parkte Herr Goldberg seinen Wagen in der Nähe der Grabengasse und warf einen Blick auf die Uhr. Sein nächster Termin fiel wegen einer plötzlichen Erkrankung des Kunden aus, und der Geschäftsmann kam so in die seltene Lage, eine Mittagspause machen zu können, durch die Straßen zu bummeln, einen Kaffee zu trinken und in Geschäfte zu gucken. Nun ja, sie waren nicht ganz nach seinem Geschmack, weder brauchte er persische Teppiche noch Hochzeitskleider. Aber die bunten Gemüsestände und kleinen Dönerbuden lockten mit fremden Gerüchen, und Herr Goldberg fühlte sich mit einem Mal wie im Urlaub im letzten Jahr, als er nach Antalya gefahren war und ans *ak deniz*, das weiße Meer. Er spazierte an kleinen Cafés vorbei, an Secondhandläden und Schuhgeschäften, als er plötzlich vor einem Friseursalon stand.

Die Sonne brannte heiß und unbarmherzig vom Himmel, und plötzlich verspürte er eine unglaubliche Lust, sich in dem kühlen Salon in einen Sessel fallen zu lassen, seinen Kopf unter kaltes Wasser zu halten und den Tag mit einem neuen Haarschnitt zu krönen.

Kurzerhand betrat er den Laden, setzte sich auf einen der wackeligen Plastikstühle, und es dauerte auch gar nicht lange, bis er an der Reihe war. Der Friseur hieß Hakan, war äußerst gesprächig und unterhielt sich nicht nur mit Herrn Goldberg, sondern mit dem ganzen Laden.

»Hat das Mädchen ihren Vater denn schon gefunden?«, fragte eine ältere Dame im Nachbarstuhl, und Hakan erklärte dem neuen Kunden, dass sie seit Tagen Ausschau hielten nach einem Mann mit einem roten Halstuch.

»Mit einem Halstuch kann ich leider nicht dienen«, sagte Herr Goldberg lachend, er trug nie Halstücher und rote schon gar nicht. »Aber ich habe auch etwas Merkwürdiges erlebt«, fuhr er fort, weil er sich gerade an den seltsamen Zeitungsartikel erinnerte. »Ebenfalls mit einem Mädchen, das ihren Vater sucht.« Und nun erzählte er von der Zeitungsannonce und seiner Reise, die Punkt für Punkt der Beschreibung des Mädchens glich.

In Hakans Laden war es still und stiller geworden, aber das fiel Herrn Goldberg kaum auf. Er konnte gut erzählen, und die

Geschichte war ja auch wirklich verrückt, kein Wunder also, dass die Kunden sich die Köpfe verdrehten und kein Wort verpassen wollten.

Der Friseur war ganz bleich geworden, hatte seine Schere beiseitegelegt und starrte Herrn Goldberg an. »Sie sind von einem Küstenort aufgebrochen und über die Alpen gefahren?«, fragte er leise, und Herr Goldberg nickte. »Dann hatten Sie eine Autopanne und haben später den Artikel gelesen?«

Nun fiel Herrn Goldberg doch auf, dass hier irgendetwas nicht stimmte, die Menschen benahmen sich alle sehr seltsam. Sie glotzten ihn an, als hätte er etwas ganz und gar Verbotenes gesagt, und eine der Kundinnen schloss sogar die Tür.

»Etwas heiß hier drin«, murmelte sie und wurde so rot wie eine Tomate.

Herr Goldberg verfluchte seine spontane Idee, in diesem seltsamen Viertel zu einem Friseur zu gehen. Er passte nicht hierher, war gut gekleidet und hatte jede Menge Bargeld bei sich. Vielleicht arbeiteten diese Leute zusammen und warteten nur darauf, dass jemand wie er hereinschneite, um ihn zu beklauen und auszunehmen wie eine Weihnachtsgans … Verwirrt schüttelte Herr Goldberg den Kopf. Nein, er las einfach zu viele Kriminalromane. Dennoch musste er zusehen, dass er hier rauskam, je schneller, desto besser.

»Würden Sie bitte weitermachen?«, bat er mit fester Stimme. Hakan erwachte aus seiner Erstarrung, und auch die Leute im Friseursalon nahmen ihre Gespräche wieder auf, guckten in ihre Zeitschriften und taten zumindest so, als wäre ihnen der neue Kunde völlig egal.

Aber das täuschte, und Herr Goldberg spürte es genau. Eine

kleine Gänsehaut kroch über seinen Rücken, als Hakan die restlichen Haare aus seinem Nacken pustete und ihm den Umhang abnahm.

»Sagen Sie, Herr …?«, begann Hakan, doch der Geschäftsmann dachte gar nicht daran, auch nur eine Minute länger in diesem seltsamen Laden zu verweilen. Er zog zwanzig Euro aus der Tasche, knallte sie auf die Ablage vor dem Spiegel und verschwand auf Nimmerwiedersehen.

Nur wenige Minuten später betrat Wally den Salon und fand einen völlig verstörten Hakan vor.

»Ach, es tut mir ja so leid«, murmelte er ein ums andere Mal, und die Kunden plapperten durcheinander wie Papageien in einem Käfig.

»Aber er trug kein rotes Halstuch, und eine Wildledertasche hatte er auch nicht. Doch dann sagte er, der Zeitungsartikel habe ihn an seine Reise erinnert …«

Es dauerte eine gute halbe Stunde und eine Kanne Tee, bis Wally endlich im Besitz aller Einzelheiten war, und es wunderte sie kein bisschen, dass der Fremde die Flucht ergriffen hatte. Die Stimmung in Hakans Friseursalon erinnerte sie manchmal schon an alte Hitchcock-Filme: Hier tummelten sich runzelige Frauen, die nur darauf warteten, sich auf ihr Opfer zu stürzen, Männer mit dunkel glühenden Augen und ein vor Aufregung zitternder Hakan. Du liebe Güte, das jagte selbst dem Hartgesottensten einen Schauer über den Rücken.

»Der ist abgehauen, weil er Angst vor euch hatte«, sagte Wally, und eine der alten Damen kicherte so seltsam, dass ihr Gebiss klapperte. »Vor uns? Kindchen, wir sind doch völlig harmlos.«

»Ich weiß«, sagte Wally und starrte auf den leeren Stuhl, auf dem bis vor wenigen Minuten der Mann gesessen hatte, der ihr Vater sein könnte. Falls ihre Geschichten stimmten.

Lisanne lag auf Wallys Bett und stützte den Kopf in die Hände. »Also hat wirklich ein Mensch auf dieser Welt all die Dinge erlebt, von denen du erzählt hast«, murmelte sie und stieß Luft aus ihren Backen. »Das hätte ich nicht für möglich gehalten!«

Wally rutschte neben sie, streckte sich aus und starrte an die Decke. »Ehrlich, Lisanne, ich habe auch nicht mehr daran geglaubt.«

Zu viel schien in der letzten Zeit schiefgegangen zu sein, hatte sich nicht bewahrheitet oder war ins Leere gelaufen.

»Lass uns das Ganze zusammenfassen«, schlug Lisanne vor, sie brauchte Ordnung in ihrem Kopf, und dazu waren Daten und Fakten nötig. »Der Typ im Friseursalon war in einem Küstenort, ist über die Alpen zurückgefahren, hatte eine Autopanne und hat den Artikel in der Zeitung gelesen.«

»Aber er trug kein rotes Halstuch und besaß auch keine Wildledertasche«, fügte Wally hinzu, und Lisanne nickte. »Nein, das stimmt.«

Und dann schwiegen die Mädchen, denn trotz allem waren die Dinge, die sie eben erfahren hatten, ziemlich unglaublich, fast unvorstellbar, und Lisanne hätte es vermutlich auch weiterhin angezweifelt, wäre es nicht ausgerechnet Hakan gewesen, der die Neuigkeit verkündet hatte. Hakan verfügte zwar über jede Menge Fantasie, aber niemals würde er Wally in solch einem wichtigen Punkt belügen, so viel stand fest. Hakan war einfach durch und durch in Ordnung.

»Und was machen wir jetzt?«, fragte Wally vorsichtig.

»Wir haben deinen Vater gefunden«, sagte Lisanne. »Und jetzt lotsen wir ihn hierher. Ein Kinderspiel, oder?«

Doch Wally schien unsicher. »Wenn meine Geschichten wirklich wahr wären, hätte der Typ ein rotes Halstuch tragen müssen. Hat er aber nicht. Und er hat sich auch nicht gemeldet, nachdem er den Zeitungsartikel gelesen hatte.«

Lisanne überlegte einen Moment. »Hast du nicht erzählt, dass dich jemand angerufen hat, mit unterdrückter Nummer? Vermutlich war er das.«

Möglich, dennoch blieb Wally skeptisch. Sie konnte das alles nicht so recht glauben.

Lisanne setzte sich auf und starrte ihre Freundin an. »Was ist denn los?«, fragte sie. »Erst bist du hundertprozentig überzeugt davon, dass deine Geschichten wahr werden, und jetzt, wo ich das endlich auch glaube, wirst du unsicher.«

Wally wand sich wie ein Aal in der Pfanne. Zu vieles stimmte nicht, passte nicht zusammen und hinterließ Fragezeichen. Vielleicht war das so wie mit dieser amerikanischen Familie, in der einer der Söhne Präsident werden sollte: Der Wunsch war da, vieles wurde dafür getan, doch das genügte eben nicht immer. Es gab offenbar eine Form von Schicksal, die man nicht beeinflussen und der man nicht entkommen konnte. Dessen war sie sich sicher, seit sie am Grab ihrer Mutter gestanden hatte, der Frau mit dem offenen Mantel und den zerrissenen Strümpfen, von der sie jahrelang geträumt hatte.

Sie war nicht nach St. Quentin gekommen, hatte Wally nicht aus dem Waisenhaus geholt, und das konnte sie auch gar nicht. Weil sie unter der Erde lag und dort immer schon gelegen hatte, auch während der Zeit, in der Wally sich all die schönen Sachen erträumt hatte.

Und ihr Vater? Wer sagte ihr, dass er nicht auch schon längst tot war? Und Wally somit auch jetzt wieder nur ins Leere fantasierte? Das war beschämend, und Wally wollte das auf gar keinen Fall noch einmal erleben. All die schönen Bilder, die man sich von einem Menschen und dem Wiedersehen mit ihm machte, und dann erfuhr man, dass alles ein Riesenquatsch war, der nur im eigenen Kopf stattgefunden hatte, nein, danke, auf gar keinen Fall ...

»Hab keine Angst«, sagte Lisanne plötzlich. »Es gibt tausend Geschichten, die nie wahr werden, und ich weiß, wovon ich rede. Aber eine einzige, die wahr wird, ist schon etwas ganz Besonderes.« Und dann zählte sie all die Dinge auf, die tatsächlich geschehen waren: die Seenotrettung, Monas Sturz, Jakobs Schmerzen, die verschwunden schienen, und der Mann in Hakans Friseursalon, der genau das erlebt hatte, was Wally auf dem Speicher in Geschichten gepackt hatte.

»Und deshalb gehen wir heute Abend wieder rauf«, sagte Lisanne, sprang auf und verabschiedete sich.

Zurück blieb eine verdutzte Wally, die zum ersten Mal, seit sie hier lebte, eine Freundin in ihrem Zimmer zu Besuch gehabt hatte. Und es sollte noch besser kommen.

Zwanzig Minuten später klopften Jakob und die Zwillinge an, segelten zielsicher auf ihr Bett zu und ließen sich dort fallen. »Erzähl«, sagte Jakob. »Was war da los bei Hakan?«

Wally packte ihren Geheimvorrat an Schokolade aus, setzte sich zu ihren Freunden, und dann sprudelte die ganze Geschichte erneut aus ihr heraus, ungefiltert und ungebremst.

»Also war er da«, fasste Jakob zusammen und wischte Wallys Zweifel mit einer Handbewegung weg. »Den holen wir uns, und zwar schnell, noch ist er in der Stadt.«

»Meinst du?«, erwiderte Wally und staunte erneut über den Enthusiasmus von Jakob, er wirkte ansteckend, und sie freute sich plötzlich auf die nächtlichen Stunden auf dem Dachboden.

»Klar meine ich das«, sagte Jakob, strich sich durch die widerborstigen Haare, und es sah ziemlich gut aus, wie er da auf Wallys Bett saß und verhalten grinste.

»Sieh mal, Wally«, sagte er leise und guckte in die linke obere Ecke ihres Zimmers, als suche er nach Spinnen oder Schimmelflecken, »ich habe, seit ich hier bin, eigentlich immer nur Robin und Sina gehabt. Das war schön, aber nun bist du dazugekommen und Lisanne. Wir haben Spaß, sind Freunde, und ehrlich gesagt … so gut wie jetzt ging es mir noch nie in St. Quentin.«

»Jakob mag dich«, sagte Robin, und Sina nickte. »Das tut er.«

Wally wurde rot bis unter die Haarwurzeln, aber Jakob hatte recht. Sie selbst hatte sich auch noch nie so wohlgefühlt wie im Moment, und das lag nicht nur an der Suche nach ihrem Vater. Sie hatte Freunde gefunden, erlebte tausend verrückte Dinge und musste die Nächte nicht mehr alleine verbringen. Die halbdunklen Flure, die ihr ein Leben lang Angst eingejagt hatten, hatten ihren Schrecken verloren. Sie waren jetzt einfach die letzte Station auf dem Heimweg vom Speicher, einem schönen Ort, wo man sich leise flüsternd verabschiedete und schnell umarmte. Um in sein Zimmer zu gehen, in dem man gerne übernachtete, weil man sich auf den Morgen freute, auf das Wiedersehen, die gemeinsamen Treffen, das Frühstück im Speisesaal und den Abend auf dem Dachboden.

In dieser Nacht kam der Schmerz zurück, und Jakob wachte schweißgebadet auf.

»Du glaubst deiner Freundin mehr als mir«, sagte er, wand sich um Jakobs Oberschenkel und drückte zu. »Aber meine Argumente sind deutlich besser.« Und mit diesen Worten hieb er seine Zähne in Jakobs Bein und vergiftete es mit dem stinkenden Atem von Verwesung und Zerfall.

Jakob stöhnte und drehte sich auf die andere Seite. »Lass mich in Ruhe«, keuchte er, griff mit letzter Kraft nach seinem Rucksack, holte eins der Wärmepflaster von Wally hervor und klebte es auf seine Hüfte.

»Wenn dir nichts anderes mehr einfällt«, röchelte der Schmerz, löste sich auf und verschwand. »Aber ich komme wieder!«

»Und ich werde stärker«, murmelte Jakob und fiel in einen ruhigen und traumlosen Schlaf.

Lisanne schlief unruhig in dieser Nacht, sie träumte von ihren neuen Freunden, die alle keine Eltern mehr hatten und an hübschen Grabstellen standen. »Wo liegt deine Mutter?«, fragte Wally, und Lisanne deutete auf ein wunderschönes Grab mit Marmorengeln und Steinputten. Auf dem frischen Erdreich lagen vollgeschriebene Blätter, Geschichten ihrer Mutter, die jeder Besucher lesen musste, ob er wollte oder nicht. Wally griff nach den Seiten, las sie vor, und plötzlich wurden all die Dinge wahr, die Frau Templer sich immer nur erträumt hatte.

»Lass das lieber«, sagte Lisanne, doch es war zu spät. Die gemütliche Wohnung der Templers verwandelte sich in Sekundenschnelle in die Zweigstelle eines Möbelhauses mit modernen Regalen, bunten Vorhängen und jeder Menge Nippes. Was Lisanne eigentlich gar nicht bemerkte, denn sie war kaum noch zu Hause, trieb von einer Kreuzfahrt zur nächsten, übernachtete in Miami, Los Angeles und Rio de Janeiro. Speiste in Grand Hotels, lag an Stränden, spazierte durch Museen und besuchte Opernaufführungen, *Die Zauberflöte*, *Tosca* und *Rheingold*. Schweißgebadet wachte sie auf und dankte den Göttern, dass die Geschichten ihrer Mutter aus dem Reich der Fantasie stammten, in ihrem wirklichen Leben nicht stattfanden und niemals – auch nur im Ansatz – wahr geworden waren.

Nur Wally schlief gut in dieser Nacht. Sie träumte nicht und wachte auch nicht schweißgebadet auf. Und das war eine Seltenheit, ganz neu und unvorstellbar. Vielleicht lag es daran, dass sie das Rätsel um ihre Mutter gelöst hatte. Vielleicht lag es aber auch an ihren neuen Freunden, in deren Nähe sie sich sicher und aufgehoben fühlte.

Sie vertraute ihnen, obwohl sie wusste, dass es mit dem Vertrauen so eine Sache war. Es wuchs nur langsam und brauchte Zeit. Aber je langsamer es wuchs, umso dicker wurde es, wie die Stämme von Mammutbäumen, die jedem Sturm trotzten. Oder wie Zuckerwatte, die Schicht um Schicht fester wurde, je länger man sie in einen kupfernen Kessel hielt und drehte.

Der Besondertag

Am nächsten Tag trommelte Frau Schilling alle Kinder und Betreuer in der großen Halle zusammen und hielt eine Ansprache.

»Der kommende Donnerstag ist ein Feiertag, und so haben wir beschlossen, dass am Mittwoch unser jährlicher Besuchertag stattfindet.«

Wally und Jakob grinsten sich an. Der Besuchertag! Das war das Schaulaufen kinderloser Eltern, wohlwollender Nachbarn und Anwohner, die einmal im Jahr einen neugierigen Blick in den alten Kasten von St. Quentin werfen wollten. Und weil es an diesem Tag Unmengen von leckerem Essen gab, gute Musik und abends sogar eine Party, hatten die Bewohner von St. Quentin diesen Tag kurzerhand umgetauft. Aus dem Besuchertag wurde der Besondertag, ein stets aufs Neue und mit Spannung erwartetes Ereignis.

»Ich freue mich, dass sich so viele Freiwillige für die Küche und das Vorbereiten der Party gemeldet haben«, sagte Frau Schilling, schüttelte Mona Windhart die Hand, und die Kinder stöhnten. Freiwillige, was für ein Hohn! In den nächsten Tagen würde es unzählige Höchststrafen hageln, so lange, bis Mona ihr Heer an Strafgefangenen beisammenhatte, und Wally ahnte schon, wo sie den Besondertag verbringen würde: an der Spüle, über einen Besen gebeugt oder beim Schrubben der Klos. Und es ging auch schon los, Mona marschierte wie eine Generalin durch die Reihen und suchte mit Argusaugen nach jeder noch so kleinen Verfehlung. Schnell nahm Wally ihren Kaugummi aus dem Mund und stand ganz still, zappelte nicht und blickte mit ernster Miene nach vorne, wo Frau Schilling nun das Programm des Besondertags vorlas.

Auch Trischa stand ganz still, unter keinen Umständen durfte sie in das Visier dieser Hexe geraten und ausgerechnet für diesen Tag zu einer Strafarbeit eingeteilt werden, auf gar keinen Fall. Der Besondertag war ihre Chance …

Sie hatte lange über Wallys seltsame Kunst nachgedacht, irgendetwas machte ihre Geschichten wahr. Vielleicht lag es an dem Ort, wo sie entstanden, an den Bildern, die zeitgleich gemalt wurden. Oder an bestimmten Worten, die Wally verwendete, vielleicht auch nur an einem einzigen, das wie eine Zauberformel oder ein Sesam-öffne-dich wirkte, ein Schlüsselwort, das in all ihren Geschichten vorkommen musste, ganz egal, was sie erzählte. Trischa dachte an die zwei Geschichten, die sie gehört hatte, und konzentrierte sich. Welches Wort konnte das gewesen sein, welches hatte sich wiederholt?

Rächen, nein, stolpern, nein, arrogant, nein. Schulhof … ja, dieses Wort war in beiden Erzählungen vorgekommen, und jämmerlich, auch dieses. Sie musste Wally unbedingt ein weiteres Mal belauschen, um ihre Theorie zu überprüfen, und dann ging es ohne die Stelzenprinzessin und ihren Anhang hinauf auf den Speicher. Nuriel konnte ein Bild malen, solche Dinge beherrschte sie gut, und Trischa würde erzählen, nachts – über den Dächern der Stadt. Malle brauchte einfach nur zuzuhören und die Klappe zu halten. Und welcher Tag eignete sich besser dafür als der Besondertag? Wally und ihre Freunde würden auf der Party herumspringen und in dieser Nacht dem Speicher fernbleiben, während Trischa ihrem Traum ein Stück näher kommen und das Geheimnis endlich lüften würde. Also nahm auch sie ihren Kaugummi aus dem Mund und stand stramm, als Mona Windhart vorbeischlich.

Als sich Wally und ihre Freunde an diesem Abend auf dem Dachboden trafen, war die Stimmung wild und ausgelassen.

»Wir nähern uns dem Ende«, sagte Jakob, und die Zwillinge nickten zustimmend. »Dein Vater ist hier, er war bei Hakan, und jetzt holen wir ihn nach St. Quentin.«

»Denkt ihr das Gleiche wie ich?«, fragte Lisanne, warf sich auf das Sofa und grinste. »Der Besuchertag, Wally, das wäre doch was! Lotse ihn hierher, und er kann mit uns Party machen.«

Überrascht blickte Wally in die Runde. »Wie seid ihr denn drauf?«, fragte sie und schmunzelte bei dem Gedanken, dass mittlerweile alle so begeistert bei der Sache waren.

»Wir sind gut drauf«, sagte Robin.

»Sehr gut, alles super«, echote Sina.

Die Freunde lachten, Lisanne nahm die Zwillinge in den Arm, Wally setzte sich auf ihren Stuhl, und Jakob trat an die Staffelei.

»Dann wollen wir mal«, erklärte er und begann zu malen. Wally schluckte und machte sich bereit für ihre letzte Geschichte, Endspurt und großes Finale. Sie war ein wenig aufgeregt, aber das würde sich vermutlich nach den ersten Sätzen legen.

»In St. Quentin ist Besuchertag«, begann sie, und auf dem

Speicher wurde es still. »Mein Vater kommt mit dem Auto, fährt die Grabengasse hinunter, bei Hakan vorbei und biegt in unsere Straße ein. Er möchte zu seiner Tochter, und er hat es eilig.«

Wally überlegte kurz, dann fuhr sie fort. »In St. Quentin ist der Teufel los, wie jedes Jahr gibt es ein paar Reden, begeisterte Besucher und jede Menge gutes Essen. Mein Vater mischt sich unter die vielen Menschen, spricht mit den Leuten, und dann sieht er mich. Natürlich erkennt er mich nicht, aber wir fragen die Besucher nach meiner Mutter, zeigen das Foto herum, und das erinnert ihn an eine längst vergangene Zeit. Er spricht mich an, und es wirkt fast ein bisschen jämmerlich, wie er hilflos in der Menge steht, aber er ist es, mein Vater ...«

Wally stoppte, zuckte mit den Schultern, und ihre Freunde seufzten, eine schöne Geschichte, mit einem guten Ende.

Und noch jemand seufzte: Trischa. Sie saß auf dem Treppenabsatz vor der Tür und hatte mitgeschrieben, Wort für Wort und so schnell es eben ging. Jämmerlich, da war das Wort zum dritten Mal. Bingo, ihre Theorie hatte sich bestätigt! Trischa grinste übers ganze Gesicht und schlich die Wendeltreppe hinunter. Sie verschwendete keinen Gedanken an Wallys Geschichte, wozu auch? Die Stelzenprinzessin hatte ein Problem mit ihrer Herkunft, das waren alte Kamellen, eine uralte Leier. Mal ging es um König Richard, mal um einen Mann, der am Besuchertag erschien. Nichts, über das sie sich Gedanken machen musste. Sie hatte alles, was sie brauchte, und schlich zufrieden zurück in ihr Bett.

Auf dem Dachboden entwickelte sich währenddessen eine rege Diskussion.

»Wir sind dabei und helfen mit«, sagte Jakob. »Wir pirschen durch die Menge und erklären, wen du suchst und warum.«

»Mit dem Bild deiner Mutter in der Hand«, meinte Lisanne. »Das können wir kopieren und herumzeigen.«

Cool, dachte Wally, und Jakob wandte sich wieder seiner Staffelei zu, versank in seinen Farben, strich das rostrote Braun alter Katakomben auf die Leinwand. Fügte kerzenschimmerndes Gelb hinzu, die Lichter geheimer Kneipen und Bars, wo sich Leute zum Poker und Glücksspiel trafen. Und das Orange der Müllabfuhr, die auch nachts aktiv war, ähnlich wie die Menschen, die in Fabriken in der Nachtschicht arbeiteten. Ganz zum Schluss hängte er zwei funzelnde Glühbirnen ins Bild, um wie nebenbei auf den Dachboden zu verweisen, einen wunderschönen Ort, der die Nacht zum Tag machte und Geschichten wahr werden ließ. Aber mit Geschichten, die wahr wurden, war das so eine Sache. Denn eigentlich gab es sie nicht. Und wenn, waren es meistens Zufälle. Oder etwa nicht?

In dieser Nacht dachte Wally noch lange darüber nach, drehte und wendete die Geschehnisse von rechts nach links und kam eigentlich immer zu dem gleichen Ergebnis: Die großen Dinge des Lebens waren nicht selbst zu bestimmen, das funktionierte nicht. Sonst wären wohl alle Menschen schön und erfolgreich, weltweit gäbe es nur glückliche Familien, keine Krankheiten und schon gar keine Katastrophen. Aber so war es eben nicht.

Und wenn diese Gabe nur dir gegeben ist?, fragte eine leise innere Stimme, und Wally zuckte zusammen.

Daran hatte sie natürlich auch schon gedacht, aber warum sollte ausgerechnet sie so eine Gabe haben? Weder war sie ein gekröntes Staatsoberhaupt noch die Gesundheitsministerin, eine Krankenschwester oder Lottofee. Sie war nur ein einfaches Mädchen aus St. Quentin, und das machte keinen Sinn. »Totaler Quatsch«, murmelte sie, zog an ihrer Decke und wälzte sich auf die andere Seite. »Trotzdem kann es funktionieren, nur irgendwie anders.«

Doch obwohl Wally mittlerweile genug Beispiele für das Wahrwerden von Geschichten hatte – auch ihr fehlte der Schlüssel zu jenem seltsamen Geheimnis.

Vielleicht waren es die kleinen Dinge, die man beeinflussen konnte. Wenn man nur stark genug an sie glaubte. Wenn man sich Ziele setzte, um wenigstens einen kleinen Schritt aus dem alten Trott herauszukommen. Denn jeder kleine Schritt hatte einen weiteren kleinen Schritt zur Folge, und plötzlich stellte man überrascht fest, dass man schon meilenweit gelaufen war, ohne es richtig zu merken. Die alten Gewohnheiten längst abgelegt, vergessen und hinter sich gelassen hatte und in neue, wunderbare Welten eingetaucht war, deren Existenz man nie für möglich gehalten hätte.

Wally nickte, ja, so musste es sein. Ihre Geschichten waren der erste kleine Schritt gewesen, mit ihnen hatte sich Stück für Stück ihre Welt verändert. Sie hatte Freunde gefunden, Ängste verloren, war mutiger und selbstsicherer geworden als je zuvor. Das hatten ihre Geschichten bewirkt – mit gigantischem Erfolg. Dass einige von ihnen tatsächlich wahr wurden ... nun, das war eine seltsame Sache und hatte ganz viel mit Hoffnung, Zufall und dem Engagement ihrer neuen Freunde zu tun.

Umso spannender wurde der Mittwoch. Wally und ihre Freunde standen schon am Nachmittag auf den Stufen zur Eingangshalle von St. Quentin und hielten Ausschau. Nach möglichen Vater-Kandidaten zwischen all den Besuchern, die sich ins Heim der Kinder- und Jugendfürsorge bemühten, gespannt den Weg in eine andere Welt angetreten hatten.

»Nach roten Halstüchern müssen wir aber nicht mehr gucken?«, fragte Robin, und Wally schüttelte den Kopf.

Was die Sache nicht einfacher machte, denn eigentlich wussten die Freunde überhaupt nicht, wonach sie Ausschau halten sollten.

»Achtet auf Männer, die alleine kommen, etwas unsicher sind und sich hier nicht auskennen«, sagte sie deshalb, aber genauso gut hätte sie sagen können: Achtet auf Walfische, die portugiesisch sprechen und eine Schultüte in der Flosse haben. Es kamen nämlich keine alleinstehenden Männer, die niemand kannte. St. Quentin war ein Heim der Kinder- und Jugendfürsorge, und mit solchen Einrichtungen hatten alleinstehende Männer nicht viel am Hut. Warum auch? Nach zweistündigem Warten gaben die Freunde auf und mischten sich unter die Menge in der Eingangshalle. Frau Schilling rüstete sich bereits für ihre Ansprache, und Wally blickte mit sehnsüchtigen Augen zur Tür.

Herr Goldberg hatte sich heute Nachmittag freigenommen und war auf dem Weg nach Hause. Er lenkte sein Auto durch den Verkehr, auf den Straßen gab es jede Menge Staus, und er verließ die Hauptstraßen, tauchte in die weniger befahrenen Viertel und musste grinsen, als er sich plötzlich in der kleinen Straße wiederfand, in der er vor wenigen Tagen beim Friseur gewesen war.

Er warf einen Blick in den Rückspiegel und fuhr sich durch die Haare. Ein guter Schnitt, vorne etwas länger und hinten kürzer, das stand ihm und machte ihn jünger. Fast schämte er sich, dass er den Laden so abrupt verlassen hatte, da war offenbar seine Fantasie mit ihm durchgegangen. Du lieber Himmel, was sich der Friseur wohl gedacht hatte?

Herr Goldberg steuerte auf das alte gotische Kloster zu, das sich steil in den Himmel bohrte mit seinen Türmen und Erkern. Mönche lebten hier schon lange nicht mehr, und Herr Goldberg meinte sich zu erinnern, dass das alte Gemäuer heute der Kinder- und Jugendfürsorge diente.

Für einen kurzen Moment dachte er an seine Tochter und hatte es plötzlich sehr eilig. Entschlossen setzte er kurz vor St. Quentin den Blinker und bog nach rechts ab. Dann fuhr er noch etliche Hundert Meter, bis er zu einer Reihenhaussiedlung kam. Er parkte das Auto, griff nach dem Haustürschlüssel und eilte die Stufen zu seinem Häuschen hinauf. Doch er brauchte den Schlüssel heute nicht, denn seine Frau stand bereits an der Tür und erwartete ihn. Auf dem Arm hielt sie ein kleines Mädchen, seine Tochter, auf die er sich schon den ganzen Tag gefreut hatte.

»Schön, dass wir heute mal ein bisschen mehr Zeit miteinander haben«, sagte Frau Goldberg, gab ihrem Mann einen Kuss, und die kleine Tochter krähte vor Vergnügen.

Frau Schilling hielt ihre Ansprache, und dann folgten noch der Vorsitzende des Fördervereins und eine Frau vom Jugendamt. Nach jedem Vortrag gab es höflichen Applaus, und dann bedienten sich alle am sehr reichhaltigen Büfett. Es gab jede

Menge Salate, selbst gebackenes Brot, kleine Spieße mit Toma-
ten, Gurken, Paprika und Hühnchen, große Platten mit unter-
schiedlichst belegten Broten, duftende Muffins, Schüsseln mit
frischem Obstsalat und für die, die dann immer noch Hunger
hatten, Schokopudding mit Vanillesoße.

Dazu schallte Musik durchs Haus, und die Besucher stromerten durch die Flure, warfen einen Blick in den Speisesaal, das
Spielzimmer und den Fernsehraum.

»Er ist nicht gekommen«, sagte Wally, doch so schnell ließen
sich ihre Freunde nicht entmutigen. Schließlich hatten sie das
Bild von Wallys Mutter kopiert, liefen jetzt durch die Menge
und sprachen wildfremde Menschen an.

»Haben Sie diese Frau vielleicht schon einmal gesehen?«,
fragten sie, und auf manch freundliche Nachfrage hin wurden
sie bald schon in lange Gespräche verstrickt, die leider erfolglos
verliefen.

Wally griff nun ebenfalls nach einem der Bilder und ging los,
fragte hier jemanden und dort, bis sie vor Herrn Schweinsteiger
und seiner Gattin stand. Als ihr Vormund nach dem Foto griff,
zuckte sie vor Schreck zusammen, doch die Sorge war unbe-
gründet. Herr und Frau Schweinsteiger fanden die Idee mit
dem Bild ganz rührend und wünschten Wally viel Glück.

»Darf ich auch mal sehen?« Tolkien kam angeschlurft,
schenkte seiner Schülerin ein breites Lächeln und warf einen
Blick über ihre Schulter.

»Das gibt es doch gar nicht«, stammelte er und starrte auf das
Bild. Langsam und wie in Trance nahm er seiner Schülerin das
Foto aus der Hand und sagte minutenlang keinen Ton, bis Wally
ungeduldig wurde.

»Kennen Sie die Frau?«, fragte sie vorsichtig, und Tolkien nickte. »Grete«, murmelte er. »Margarete Hansen. Wir waren befreundet ...« Er brach ab und starrte Wally an. Offenbar überlegte er, warum sie das Bild besaß und weshalb sie damit heute Abend hausieren ging, doch sein verblüfftes Gesicht zeigte deutlich, dass er es sich keineswegs erklären konnte.

»Das ist meine Mutter«, erklärte Wally knapp, winkte ihren Freunden und lotste den verblüfften Tolkien in den Speisesaal, wo er sich plötzlich einer Handvoll Kindern gegenübersah.

»Margarete Hansen war meine Mutter, sie ist aber vor vielen Jahren gestorben«, erklärte Wally ihrem sichtlich berührten Lehrer. »Und Sie sind der erste Mensch, den ich treffe, der sie gekannt hat. Bitte erzählen Sie mir alles von ihr und vielleicht auch von meinem Vater ...?«

»Sie ist gestorben, sagst du?« Herr Torkien musste erst einmal eine Tasse Tee trinken, um diese schreckliche Tatsache zu verdauen. Endlich räusperte er sich und blickte auf.

»Grete arbeitete in einem Kindergarten ganz in der Nähe«, sagte er leise und mit zitternder Stimme. »Ich war ein junger Lehrer und machte gerade mein Referendariat an der Schule. Wir trafen uns auf einem äußerst langweiligen Vortrag über Kindererziehung, an dem wir beide teilnahmen, weil wir neu waren und Anschluss suchten. Wir verstanden uns auf Anhieb, verließen die Veranstaltung und bummelten den ganzen Nachmittag durch die Stadt, aßen Eis und hatten jede Menge Spaß.«

Hier stoppte Tolkien, und sein Schweigen füllte den Raum, dauerte Lichtjahre an, und Wally spürte einen Anflug von Panik aufsteigen. Hoffentlich hatte ihr Lehrer nicht den Faden verloren oder beschlossen, sein Wissen für sich zu behalten.

»Was passierte dann?«, fragte sie leise, und Tolkien seufzte. »Wir trafen uns ein paar Monate lang, doch eines Tages kam Grete nicht zu unserer Verabredung. Ans Telefon ging sie auch nicht, und als ich beim Kindergarten vorbeisah, war sie nicht mehr da – sie hatte gekündigt. Ihre Kolleginnen erklärten, dass sie in den Süden ausgewandert war. Mit einem Mann, vermuteten sie. Ein paar Wochen zuvor hatte Grete wohl auf einer Party einen Italiener kennengelernt …« Hier brach Tolkien ab, zuckte hilflos mit den Schultern, und Wally schluckte. Verdammt, verflixter Mist, und sie hatte schon geglaubt, ganz nah dran zu sein, fast schon vermutet, ihre Mutter und Tolkien … aber dieser Italiener warf nun wirklich alles über den Haufen.

»Können Sie sich an seinen Namen erinnern, an irgendetwas?«, bettelte sie, doch Tolkien musste sie enttäuschen.

»Allerdings gibt es noch zwei, drei Menschen, die wir damals kennengelernt haben und die manchmal mit uns ausgingen«, sagte er. »Es sind immer noch Freunde von mir, und vielleicht können sie sich an etwas Konkretes erinnern.« Er griff in seine Jackentasche, kramte einen Stift hervor, kritzelte zwei Adressen auf ein zerknittertes Stück Papier. Dankbar griff Wally nach dem kostbaren Geschenk, dann erhob sich Tolkien und reichte ihr die Hand.

»Vielleicht darf ich jetzt die Tochter meiner alten Freundin um den ersten Tanz bitten?«, sagte er, die Zwillinge kicherten, und die gesamte Schar machte sich auf den Weg zur Party.

Der Coca-Cola-Konzern oder Von Gier, Missgunst und Neid

Trischa, Malle und Nuriel waren am frühen Abend noch vor Beginn der Party auf den Dachboden gestiegen, hatten Licht gemacht und eine neue Leinwand auf die Staffelei gestellt. Nuriel öffnete Tuben und Tiegel und begann, die Farben zu mischen, probierte die verschiedenen Pinsel aus und überlegte, was sie malen sollte.

»Hast du eine bestimmte Vorstellung?«, fragte sie ihre Freundin, doch Trischa zuckte nur mit den Schultern. »Das ist egal. Du musst jedenfalls mit dem Bild beginnen, das machen die auch immer so.«

Dann nahm Malle auf dem Sofa Platz, und Trischa setzte sich auf Wallys Stuhl, starrte aus der Dachluke und schüttelte den Kopf. Noch war es nicht dunkel genug, sie brauchten die Nacht und mussten sich noch etwas gedulden.

»Vergiss meine Wünsche nicht«, erinnerte Malle sie. »Ich brauche eine Stereoanlage, neue Inlineskates, bessere Noten ...«

»Kannst du vielleicht mal die Klappe halten?«, knurrte Trischa, doch jetzt meldete sich auch Nuriel zu Wort. »Ich möchte eine Helly-Hansen-Jacke, das Schminkset von L'Oréal und Tickets für das nächste Shakira-Konzert.«

Trischa stöhnte. Von welch minderbemittelten Idioten war sie nur umgeben! Wenn es wirklich klappen sollte, konnte sie alles möglich machen, aber wirklich alles, und diese Trottel wünschten sich neue Inlineskates und eine Jacke, wie bescheuert konnte man eigentlich sein?

Draußen wurde es endlich dunkel, Trischa konzentrierte sich, und dann begann sie endlich mit ihrer Erzählung. In welcher Julio natürlich den ersten Platz einnahm. Er verliebte sich in sie und führte sie täglich über den Schulhof (auf dieses Wort wollte Trischa vorsichtshalber nicht verzichten), ging mit ihr Eis essen und ins Schwimmbad. Alle Mädchen der Schule beneideten sie, und sie hatten jeden Grund dafür: Denn Trischa wurde nicht nur von Tag zu Tag schöner, sondern erbte auch noch. Ein verschollener Onkel in Amerika hinterließ ihr die Aktienmehrheit am Coca-Cola-Konzern, sie übernahm die Firma und scheffelte Millionen. Und obwohl sie eigentlich ausgesorgt hatte, begann sie eine Karriere als Sängerin, wurde noch reicher und unglaublich berühmt. Agenturen und Manager aus der ganzen Welt rissen sich um sie, und bald zierte der Name Trischa Taler Leuchtreklamen, klebte an Bussen und wurde von Zeppelinen auf Spruchbändern über den Himmel gezogen.

Leider hatte Trischa ein schreckliches Leben in St. Quentin hinter sich, und das musste gerächt werden: Mona Windhart brach sich bei einem Reitunfall beide Beine. Frau Schilling erhielt die Kündigung und lebte in einer kleinen Wohnung von ihrem Arbeitslosengeld. Und die Kinder von St. Quentin? Sie wurden zu willigen Dienern ihrer neuen Herrin: Trischa Taler, der schönen Berühmtheit. Sie bemühten sich um ihre Gunst, kochten, putzten und wuschen für sie. Wally und ihre Freunde hatten leider Pech: Sie bekamen die Pocken und behielten hässliche Narben bis an ihr jämmerliches (und hier kam das Zauberwort ins Spiel), wirklich jämmerliches Lebensende. Nun war eigentlich alles gesagt, abschließend bekamen Malle und Nuriel noch die Stereoanlage, die Inlineskates, die Jacke und den restlichen Krempel, dann sackte Trischa auf ihrem Stuhl zusammen und verstummte, das Erzählen war anstrengend gewesen.

»Sag mal, tickst du noch ganz richtig?«, knurrte Malle und funkelte Trischa aus dunkel blitzenden Augen an. »Was sollte das alles mit der Übernahme von Coca-Cola, der Singerei und den Pocken? Bist du jetzt größenwahnsinnig geworden? Und überhaupt: Ich finde, Nuriel und ich sind ziemlich schlecht weggekommen.«

Auch Nuriel wirkte ganz unglücklich. »Du hättest mal vorher sagen können, wie viel man sich da wünschen kann.«

Trischa stöhnte, Undank war der Welten Lohn, aber das brauchte sie bald nicht mehr zu interessieren. Die Welt stand ihr offen, und wenn erst alle Menschen von ihr begeistert waren, konnte sie sich auch neue Freunde suchen. Denn das wurde langsam Zeit, wirklich allerhöchste Zeit. Jetzt, wo das Leben zum Schlaraffenland wurde.

Und so war es wirklich. Schon der nächste Morgen startete mit Harfen und Trompeten. Um acht Uhr erhielt Trischa eine SMS von Julio, der sie gerne sehen und noch lieber ein Eis mit ihr essen wollte. Die Kinder im Speisesaal waren alle überaus freundlich zu ihr, und als sie wenig später am Büro von Frau Schilling vorbeikam, konnte sie das Ende eines Telefonats mithören.

»Lieber kündige ich«, sagte die Heimleiterin, und Trischa nickte befriedigt. Na also, lief doch alles nach Plan. Im Flur kamen ihr Robin und Sina entgegen, sie hatten leichte Flecken im Gesicht, das mussten die Pocken sein, du lieber Himmel, das ging aber schnell, dachte Trischa und jubilierte.

Als Malle ihr beim Mittagessen versehentlich seine Cola über die Hose kippte und Nuriel grinsend bemerkte, dass sie sich dieses Getränk ja bald selbst brauen konnte, überhörte sie das geflissentlich, und auch die Fragen nach der Stereoanlage und der Jacke schwirrten an ihren Ohren vorbei wie lästige Fliegen.

»Ich glaube, ich habe dich unterschätzt«, sagte Nuriel nachdenklich, und Trischa entging, dass ihre einzige Freundin das völlig anders meinte, als sie es auffasste.

Nuriel lief durch den Garten und kickte Kieselsteine vor sich her. Sie war wütend, sauer, genervt und alles auf einmal. Weil Trischas Geschichte zu pompös geraten war? Nein, ihre Freundin hatte eben viel Fantasie. Was schwerer wog: Mit keinem einzigen Satz hatte sie ihre Freunde erwähnt. Sie weder am plötzlichen Reichtum noch an Schönheit und Ruhm teilhaben lassen. Die ganze Geschichte hatte sich nur um Trischa gedreht, um sonst niemanden.

Nuriel war in manchen Dingen recht einfach gestrickt, sie brauchte keine großen Worte, spannende Themen oder Gunstbeweise. Aber sie brauchte Sicherheit, wollte ihren Freunden vertrauen und sich auf sie verlassen können. Gewinne wurden geteilt (wie nach dem Naschmarkt), und Höchststrafen leistete man gemeinsam ab. All die Bosheiten, Raubzüge, Hinterhältigkeiten und Rebellionen machten nur Sinn, wenn man zusammenhielt. Sonst war alles Quatsch, kompletter Unfug, und das verstand selbst Nuriel, die normalerweise wenig über das Leben, ihre Freunde und deren Aktivitäten nachdachte.

»Die Übernahme von Coca-Cola und Spruchbänder am Himmel«, murmelte sie. Was für eine eingebildete Pute ihre Freundin doch war, du meine Güte! Die interessierte sich nicht die Bohne für andere Menschen, das war nach dieser ganzen Geschichte klar geworden, und Nuriel würde ihre Konsequenzen daraus ziehen. Sie schüttelte den Kopf und beschloss, in Zukunft auf Abstand zu gehen.

All das bemerkte Trischa gar nicht, oder es war ihr egal, denn am Nachmittag traf sie sich mit Julio zum Eisessen. Zugegebenermaßen war sie ein wenig schüchtern, doch das legte sich schnell.

»Du wirst von Tag zu Tag schöner«, sagte der Charmeur, und Trischa erkannte auch hier Parallelen zu ihrer Geschichte. Selbstbewusst schleckte sie ihr Eis vom Löffel und lächelte. »Ich danke dir«, sagte sie leise. Nur nicht auftrumpfen, diese Lektion hatte sie gelernt, denn wie hatte Wally gesagt, weder arrogant, schleimig oder hinterhältig ... Sie lächelte Julio an, und der lächelte zurück, griff über den Tisch und strich vorsichtig über ihre Hand.

So musste das Leben sein und nicht anders, dachte Trischa, und nach diesem wunderbaren Treffen fiel ihr kaum mehr auf, dass die Betreuerinnen und die Kinder in St. Quentin nicht anders waren als an den Tagen zuvor. Frau Schilling behielt ihren Job, und Mona Windhart war so ätzend wie immer. Seltsamerweise kam auch kein Brief aus Amerika. Und das Angebot einer

Sängerkarriere auf großen Bühnen ließ ebenfalls auf sich warten. Das dauert einfach, dachte Trischa und schwelgte weiterhin in ihrem Glück.

Was sie ebenfalls nicht bemerkte und vielleicht auch gar nicht bemerken wollte: Malle und Nuriel verbrachten in den nächsten Tagen viel mehr Zeit zu zweit und ohne Trischa als früher. Sie sagten nicht mehr Bescheid, wenn sie etwas unternahmen, und gingen mehr und mehr ihre eigenen Wege. So ist das eben mit Prominenz und Neid, dachte Trischa und freute sich schon auf ihre neuen Freunde, die vielen interessanten, die bald kommen würden.

Eine Reise in die Vergangenheit

Wally war die nächsten Tage völlig aus dem Häuschen. Ausgerechnet Tolkien hatte sich als alter Freund ihrer Mutter entpuppt ... Sie seufzte und dachte an den unbekannten Italiener. Wie sollte sie den nur finden?

Auf keinen Fall mit Geschichten, die funktionierten nämlich nicht, zumindest nicht so, wie sie sollten.

Gut, vielleicht hatte auch ein Italiener eine Reise gemacht, eine Panne gehabt und ein rotes Halstuch getragen, aber er war am Besuchertag nicht in St. Quentin erschienen. Dafür war ein deutscher Geschäftsmann in Zollhofen hängen geblieben und schließlich bei Hakan aufgetaucht. Ohne rotes Halstuch, das hatten stattdessen Tolkien und Schweinsteiger getragen.

Tolkien hatte ebenfalls Zollhofen besucht, allerdings ohne Panne, und ihr Vater war er auch nicht, übrigens keiner der Beteiligten, du lieber Himmel, das war alles mehr als verwirrend ...

Doch eins war seit jenem Abend klar: Wallys Geschichten gingen nicht auf und wurden nicht wahr. Sie hatten sicherlich vieles ausgelöst, und ohne sie wäre Wally nicht so weit gekommen, aber die Geschichten waren Hokuspokus. Simsalabim, wie Hakan sagen würde. Märchen eben, und die blieben sie auch.

Als Jakob an einem der nächsten Abende auf den Speicher stieg, staunte er nicht schlecht: Die Leinwand war bereits bemalt. Ein schönes Bild, ein wenig ungeübt im Strich und unsicher, aber kein schlechter Versuch. Verflixt, wer war da an seiner Staffelei gewesen? Die Antwort lag nahe: Trischa und Konsorten. Und Jakob ahnte instinktiv, warum sie ganz alleine hier oben gewesen waren, ein Bild gemalt und vermutlich eine Geschichte erzählt hatten. Jakob stellte eine neue Leinwand auf und mischte seine Farben, als Lisanne hereinschlüpfte. »Wallys Geschichten werden nicht wahr«, sagte sie und ließ sich aufs Sofa fallen ließ. »Und ich dachte, wir sind so nah dran!«

Sie klang traurig, und Jakob musste lachen. »Aber das sind wir doch«, entgegnete er. »Wally weiß, wer ihre Mutter ist, und hat einen alten Freund von ihr gefunden. Das wäre ohne die Geschichten niemals passiert.«

»So gesehen richtig«, sagte Lisanne und musste ebenfalls lachen. »Ich hatte nur für einen Augenblick die Hoffnung, Wally beherrsche tatsächlich eine seltsame Kunst.«

»Und weshalb?«, fragte Jakob und schmunzelte. »Was wolltest du dir denn wünschen?«

Lisanne blieb stumm, denn Jakob hatte verflixt noch mal recht. Eine Freundin mit übersinnlichen Fähigkeiten wäre für Lisanne der Eintritt in das Leben ihrer Hoffnungen gewesen: eine gesunde Mutter, liebe Freunde und vielleicht sogar ein bisschen Geld. Andererseits: Ihre Mutter war auf dem Weg der Besserung, liebe Freunde hatte sie gefunden, und Geld … sie hatte nichts vermisst in den letzten Wochen. Jakob hatte sich spendabel gezeigt, sie waren verreist, hatten jede Menge Spaß gehabt und neue Leute kennengelernt.

»Hast du dir eigentlich mal überlegt, in St. Quentin zu bleiben?«, fragte Jakob. »Also, ich meine … auch wenn deine Mutter wieder gesund ist? Ich besuche Onkel Achim ja auch nur an den Wochenenden.«

Lisanne biss auf ihrer Unterlippe herum und nickte. »Überlegt habe ich mir das tatsächlich schon«, sagte sie leise, murmelte ein »Gute Nacht« und trat den Rückweg über die Feuerleiter an.

An einem der nächsten Tage fasste sich Jakob ein Herz, er klopfte an Wallys Zimmertür und fragte, ob sie ein paar Schritte laufen wollte.

»Gerne«, sagte Wally, klappte ihre Schulhefte zu, zog sich eine Jacke über und wunderte sich ein wenig, dass Jakob vorschlug, spazieren zu gehen. »Bist du immer noch schmerzfrei?«, fragte sie, doch ihr Freund antwortete nicht und zog sie hinaus in den sonnigen Tag.

»Ich möchte mit dir über deine Geschichten reden«, sagte er, und Wally seufzte.

»Sie werden nicht wahr.«

Jakob nickte. »Meine Mutter hat mir Märchen erzählt, damals«, sagte er leise. »Mein liebstes handelte von ein paar Tieren, die geschlachtet werden sollten. Um ihrem Schicksal zu entgehen, beschlossen sie, abzuhauen und Musiker zu werden.«

»Haben sie es geschafft?«, fragte Wally.

Jakob kickte einen Stein vor sich her und schüttelte den Kopf. »Nein, aber das ist der Clou. Sie kommen in einen Wald, finden einen Unterschlupf, und dort bleiben sie. Für immer. Und ihnen geht es gut, sie sind glücklich dort.«

Wally war sich nicht sicher, was Jakob ihr mitteilen wollte.

»Auch wir sind mit einem anderen Ziel aufgebrochen«, sagte Jakob, »aber wir haben uns kennengelernt und einen Platz, wo wir uns wohlfühlen. Ich finde das cool.«

Wally nickte, ja, das war es, sehr cool sogar. Doch sie wollte weiter, musste ihren Vater ausfindig machen.

»Ich kann ja zurückkommen, wenn ich meine Sachen geklärt habe«, sagte sie. »Kam so etwas auch in der Geschichte vor?«

Jakob schüttelte den Kopf und grinste. »Nein, aber die Story ist uralt und nicht immer passend. Klar kannst du zurückkommen, jederzeit. Willst du denn weg?«

»Nein«, sagte Wally, »nicht weg aus St. Quentin. Ich muss nur meinen Vater finden. Aber wenn ihr wollt, könnt ihr mich gerne begleiten.«

Jakob grinste, auch dieser Satz erinnerte ihn an die alte Geschichte, aber das würde er schön für sich behalten.

Und so machte sich Wally auf die Reise, nicht mit dem Zug oder einer Airline, nicht nach Australien oder Singapur. Sie besuchte die ehemaligen Freunde ihrer Mutter, Menschen, die ein halbes Jahr mit ihr verbracht hatten, vor langer, langer Zeit. Und natürlich kamen Lisanne, Jakob und die Zwillinge mit, schließlich waren sie mittlerweile ein Team, und um nichts in der Welt hätten sie Wally im Stich gelassen.

»Kommt rein«, sagte Helene Maler, eine korpulente Frau mit bunten Tüchern im roten Haar, und lotste ihre Gäste durch die Wohnung, die vollgestopft war mit Büchern und Zeitschriften.

»Du bist also die Tochter von Grete, herzlich willkommen!«

Dann setzten sich alle aufs Sofa, Helene servierte Erdbeerkuchen mit Sahne und kramte alte Fotoalben hervor. Tatsächlich
gab es noch ein paar Schnappschüsse aus der damaligen Zeit:
Margarete Hansen beim Tanzen, wie sie in die Kamera lächelte,
in der einen Hand einen Cocktail, in der anderen eine Zigarette.

»War eine wilde Zeit«, sagte Helene und lächelte.

Wally bohrte ihren Blick in die Fotos, suchte nach Ähnlichkeiten und Unterschieden. Ihre Mutter hatte keine Locken wie
sie selbst, aber ein ähnlich verschmitztes Lachen.

»Und die Augen«, sagte Helene, »das sind eindeutig die gleichen Augen.«

Wally klappte das Album zu und nickte. »Mit wem ist sie damals weggegangen?«, fragte sie leise, und Helene Maler legte
ihre Stirn in Falten. »Natürlich haben wir uns das alle gefragt, es
kam ja auch so plötzlich. Seltsam ist auch …« Hier stoppte sie
und schüttelte den Kopf.

»Bitte«, flehte Wally.

»Sie war eigentlich mit deinem jetzigen Lehrer zusammen,
die beiden waren richtig verknallt ineinander.«

»Was?«, japste Wally, und auch ihre Freunde rissen die Augen
auf und wagten kaum zu atmen.

Helene Maler lächelte und deutete auf ein Foto, auf welchem
Grete Tolkien küsste. »Das hat er euch nicht erzählt, nicht wahr?
Als sie damals plötzlich verschwand, hat er getobt vor Wut und
Enttäuschung, und es hat lange gedauert, bis er darüber hinweg
war. Vielleicht ist er es bis heute nicht.«

Wally dachte nach. Warum hatte Tolkien ihnen nicht erzählt,
dass er in ihre Mutter verliebt gewesen war? Hatte er es einfach
vergessen? Wally riss sich zusammen. »Es hat doch geheißen,

meine Mutter hätte einen Italiener kennengelernt«, murmelte Wally. »Auf einer Party …«

»Ich weiß wirklich nicht, auf welcher Party das gewesen sein soll«, sagte Helene. »Ich war ihre engste Freundin, und wenn sie nicht gerade mit deinem jetzigen Lehrer ausging, rief sie mich an. Wir haben in den Tagen vor ihrem Verschwinden viel unternommen, aber ich kann mich beim besten Willen an keine Party erinnern.«

»Vielleicht war es eine Veranstaltung im Kindergarten?«, fragte Wally, doch Helene schüttelte den Kopf.

»Nein, ganz sicher nicht, außerdem hätte sie davon erzählt.«

Mehr war aus Helene Maler nicht herauszubekommen, und nachdem Wally und ihre Freunde den kompletten Erdbeerkuchen mit Sahne verdrückt hatten, machten sie sich vom Acker.

»Keine Party?«, murmelte Wally erstaunt, als die Freunde quer durch die Stadt zur nächsten Adresse fuhren. »Und woher kannte sie dann diesen Typen?«

Aber auch ihre Freunde waren ratlos und in eigene Überlegungen abgetaucht.

Der nächste Bekannte hieß Egon Zirkowsky und lebte am Rande der Stadt. Mit seiner Frau bewohnte er ein kleines Einfamilienhaus inmitten grüner Gärten und Hecken. Die beiden freuten sich über den Besuch, und auch sie tischten Zitronenlimonade und Kuchen auf. Lisanne blies ihre Backen auf und beschloss spontan, in den kommenden Tagen Diät zu halten.

Und dann erzählte Wally. Von ihrer Mutter und der Sehnsucht nach dem Vater, von dem sie nichts, aber auch gar nichts wusste.

»Margarete lebt also nicht mehr«, sagte Egon traurig, und

sein leerer Blick verriet, dass er sich jetzt in der Vergangenheit befand und Dinge sah, die Wally auch gerne gesehen und vor allem erlebt hätte.

»Margarete war eigentlich recht schüchtern«, sagte er. »Kontakte fielen ihr nicht leicht. Sie tanzte gern, las viel und träumte vor sich hin, das war sie, eine Träumerin …«

Egon blickte auf, und für einen kurzen Augenblick meinte Wally, eine Träne in seinem linken Auge blitzen zu sehen. »Eine tolle Frau«, sagte er leise. »Überhaupt nicht mein Typ, aber gescheit …«

»Gescheit?«, fragte Lisanne verwundert. Das war ein seltsames Wort, und Egon hatte das wohl nicht ohne Grund gesagt.

»Oh ja, das war sie, verflixt gescheit«, erklärte Egon. »Sie plante alles, war unglaublich vorausschauend und hat nie etwas dem Zufall überlassen.«

»Wie kann das sein?«, fragte Wally erstaunt. Das passte nicht in ihre Überlegungen. Ihre Mutter war schwanger geworden, hatte ihr Kind in St. Quentin abgegeben, und nun behauptete dieser Egon, dass sie nichts dem Zufall überlassen hatte? Das war seltsam, und Wally entwickelte langsam ein Gespür für Dinge, die nicht passten.

»Grete war ein strukturierter Mensch. Wenn sie zum Einkaufen ging, hatte sie eine Liste dabei. Sie wusste, wann Miete und Stromrechnung abgebucht wurden, und dann war ihr Konto auch gedeckt. Wenn wir uns verabredeten, kam sie stets eine Viertelstunde zu früh, und sie ließ niemals jemanden hängen, der ihre Hilfe brauchte …«

»Außer ihrer Tochter«, sagte Jakob. »Das ist doch seltsam.«

»Eben«, erwiderte Egon, »das ist seltsam.« Mehr konnte er

auch nicht sagen, doch nun war Wally wirklich irritiert. Denn eines hatte sie in ihrem Leben in St. Quentin gelernt: Menschen hatten eine innere Haltung, Stärken und Schwächen, und sie waren so, wie sie waren. Das konnten sie nicht einfach ablegen, auch im Notfall nicht.

»Angenommen, es ist so, wie Sie sagen«, überlegte Wally. »Warum hat sie mich dann weggegeben?«

Egon überlegte. »Sie war sehr krank und … nun ja. Die Frage müsste vielleicht eher lauten: Warum hat sie dich in St. Quentin abgegeben? Und nicht in Italien, an der ligurischen Küste oder irgendwo an der Adria? Sie ist offenbar zurückgekommen, aber warum?«

Er schwieg einen Moment lang, dann lächelte er. »Glaub mir, sie hat nie etwas Unüberlegtes getan, der Typ war sie nicht.«

Wally bedankte sich, in ihrem Kopf schwirrte es, und sie wollte an die frische Luft. »Lieben Dank, das hat mir sehr geholfen«, sagte sie, grinste unbeholfen und scheuchte ihre Freunde nach draußen.

»Deine Mutter war überhaupt nicht weg«, sagte Lisanne, als sich die Freunde am Abend auf dem Speicher trafen. »Vergiss Italien, ich weiß, wovon ich rede.« Und natürlich wusste sie das, schließlich hatte sie auch eine Mutter, die Geschichten erzählte, wenn auch aus einem anderen Grund. »Wenn sie alles plante und strukturierte, warum hätte sie so plötzlich nach Italien reisen sollen? Das passt nicht.«

»Und was hat sie in Wirklichkeit getan?«, fragte Wally leise.

Lisanne überlegte. »Es gab keinen Ausweg, und sie hat eine Geschichte erfunden. Eine, mit der sie niemanden belastete und ihrem Kind die größtmögliche Versorgung bot. Sie ist abgetaucht, hat dich zur Welt gebracht und ist gestorben. Unbehelligt und ohne jemanden in Verzweiflung zu stürzen.«

Wally saß auf der Couch, ihr Puls raste, und sie wagte kaum zu atmen. »Du meinst, der Italiener existiert gar nicht?«

»Darauf verwette ich meinen Hintern«, sagte Lisanne.

»Aber dann wäre ja …«, wisperte Wally.

»Tolkien dein Vater«, sagte Jakob. »Vielleicht aber auch der Typ in Hakans Salon oder jemand ganz anderes, wenn sie es so geheim gehalten hat …«

»Aber auf gar keinen Fall war es König Richard«, sagte Robin, und Sina fiel sofort ein. »Nein, auf gar keinen Fall.«

Und damit hatte Richard von Wessex ausgedient, die adlige Verwandtschaft wurde ad acta gelegt und machte neuen Ideen Platz. Bürgerlichen Menschen, deren Herkunft kaum belegt und schon gar nicht bekannt war.

Aber das war gut, und Wally fiel es gar nicht schwer, von ihrer adligen Verwandtschaft Abschied zu nehmen. Denn auch wenn sie die bürgerliche nicht kannte, realer war sie allemal.

Wie Geschichten wahr werden

Jakob kickte auf dem Schulgelände, drosch den Ball über das leere Spielfeld und war in seinem Element. Der Sportunterricht der Nachmittagsklasse war ausgefallen, und das grüne Gras wartete nur darauf, bespielt zu werden. Jakob dribbelte, schob den Ball vor sich her und holte mit rechts aus: Treffer und Tor.

Von Weitem sah er Malle, überlegte kurz und winkte ihm zu. »Spielst du mit?«, rief er, und es dauerte tatsächlich keine drei Sekunden, dann war Malle da, nahm Jakob den Ball ab und zog an ihm vorbei. Jakob sprintete hinterher, grätschte ihm in die Beine und gab dem Spiel eine andere Richtung.

»Verdammt gut«, keuchte Malle, als die beiden eine kurze Pause einlegten. »Warum spielst du eigentlich nicht im Verein? Also, ich bin echt nicht scharf drauf, weißt du ja …«

Jakob nickte. »Ich habe Arthrose«, sagte er und erklärte Malle, was das bedeutete. Schmerzfreie Tage, die echt prima waren, und dann kam das Leiden, urplötzlich und von einer Sekunde auf die andere, sprang ihn von hinten an wie ein Tiger seine Beute. »Das kann jederzeit passieren, und in einem wichtigen Spiel wäre das äußerst blöd, das geht einfach nicht. Und regelmäßig trainieren kann ich auch nicht.«

Malle staunte, doch Jakob selbst staunte noch viel mehr. Er hatte einfach so über seine Krankheit gesprochen, nicht mit Freunden, sondern mit einem Gegner, der Fußball genauso liebte wie er selbst und Jakob nicht einmal mochte.

»Kann man etwas dagegen machen?«, fragte Malle, doch Jakob schüttelte den Kopf.

»Aber heute geht es, ein schöner Tag«, murmelte er, sprang auf und kickte den Ball übers Spielfeld, Malle war sofort dabei, und dann kam auch noch Tolkien, der seine Jacke auszog und aufs Feld lief.

»Lasst mich mitspielen, Jungs«, sagte er. »Der Vormittag war hart, und ich muss mich abreagieren.«

Und so kickten die drei über eine Stunde lang, bis sie sich keuchend, abgekämpft und schweißgebadet an den Spielfeldrand schleppten.

»Jetzt duschen«, erklärte Malle.

Tolkien fragte, ob einer der Jungs ein Handtuch für ihn hätte, und Jakob nickte. »Ich habe zwei dabei«, sagte er, und dann marschierten sie in die Umkleidekabinen, stellten sich unter die Duschen und drehten die Wasserhähne auf.

»Hat Wally etwas herausgefunden?«, rief Tolkien durch das Rauschen des Wassers.

»Nicht wirklich«, entgegnete Jakob, seifte sich ein und genoss das heiße Prasseln des Wassers auf dem Rücken und der Hüfte. Der Schmerz lag in Lauerstellung, hatte schon ein Auge geöffnet und war bereit, zuzuschlagen.

»Gehen Wallys Geschichten wirklich in Erfüllung?«, fragte Malle vorsichtig, als er und Jakob zu ihren Klamotten in der Umkleide stapften.

»Nein, leider nicht«, erwiderte Jakob.

»Oha«, sagte Malle und grinste. »Das wird Trischa gar nicht freuen. Für die ist das nämlich enorm wichtig.«

Und dann erzählte er von ihrer geplanten Übernahme des Coca-Cola-Konzerns, der erhofften Karriere als Sängerin und der Rache an St. Quentin, und es kam ihm nicht eine Sekunde lang der Gedanke, dass er gerade die Geheimnisse seiner Freundin ausplauderte und seine Erzählung fast schon an Verrat grenzte.

»Sie will den Coca-Cola-Konzern beerben?«, fragte Jakob verblüfft, und ein Lächeln huschte über sein Gesicht. »Du meine Güte!«

Malle grinste ebenfalls, trocknete sich ab und schlüpfte in seine Klamotten. »Dann bis zum nächsten Mal«, sagte er und ging zur Tür. »Würde mich freuen«, sagte Jakob und meinte es ernst.

Malle strubbelte sich mit der linken Hand durch die tropfnassen Haare und war auch schon verschwunden.

»Was kam denn raus bei euren Besuchen?«, fragte Tolkien neugierig, nun stapfte auch er aus der Dusche, hatte sich Jakobs Handtuch umgewickelt und spazierte zu dem Haufen mit seinen Kleidern.

»Es war ziemlich merkwürdig«, sagte Jakob und überlegte, ob er ihn fragen konnte, warum Tolkien verschwiegen hatte, dass er in Wallys Mutter verliebt gewesen war. Da fiel sein Blick auf Tolkiens Beine.

Wie festgefroren starrte Jakob auf einen Punkt oberhalb des linken Knies, wo sich ein großes, seltsam geformtes Muttermal befand.

»Dieses Muttermal«, murmelte Jakob, »hat es zufällig die Form von Großbritannien? Mit einem Punkt mittendrin, genau dort, wo sich London befindet?«

Jakob hatte so leise gesprochen, dass Tolkien intuitiv wusste, dass es um mehr ging als um sein Muttermal, Großbritannien oder London. Er nickte vorsichtig und wartete ab.

Und dann erzählte Jakob, wo er das Muttermal schon einmal gesehen hatte, genau dieses. Und Tolkien kippte fast aus den Latschen, rang nach Atem und griff sich ans Herz.

Schnell holte Jakob sein Handy aus dem Rucksack, aber er rief nicht den Notarzt an, sondern Wally.

Und als die wenig später in die Umkleidekabine der Jungs stürmte, war Tolkien immer noch ganz blass und zitterte am ganzen Körper. »Es geht um das hier«, sagte er leise und deutete auf sein Muttermal.

Und nun verlor Wally fast das Bewusstsein, deutete auf ihr eigenes Muttermal, auf Großbritannien und London.

Dabei atmete sie so flach, dass Jakob spätestens jetzt überlegte, einen Notarzt zu holen. Auf alle Fälle musste er das hier in die Hand nehmen, die beiden standen unter Schock, und das konnte gefährlich werden.

»Vielleicht ziehen Sie sich erst mal an«, riet er dem Lehrer und drückte Wally auf die Bank, redete mit ihr und griff nach ihrer Hand.

Und als Tolkien endlich aus der Kabine kam, strahlten sich die beiden an. Wally sprang auf und wurde von Tolkien in eine heftige und wunderbare Umarmung gezogen.

»Du bist meine Tochter?«, murmelte er. »Ich fasse es nicht.« Er drückte sie, bis sie fast keine Luft mehr bekam, strich über ihre wilden Locken und hielt sie etwas weiter weg, vielleicht suchte er nach Ähnlichkeiten, Unterschieden, Erinnerungen an Grete. Und dann lachte er und war ganz außer sich.

»Ihr kommt heute Abend alle zu mir«, sagte er. »Ich werde was Schönes kochen und … mein Gott, wie freue ich mich!«

Und so ging für Wally ein lebenslanger Traum in Erfüllung. Sie hatte ihren Vater gefunden, einen Menschen, den sie zudem kannte und mochte. Und was noch besser war: Auch die anderen Kinder kannten ihn. In gewisser Weise war ihr Vater im Umfeld von St. Quentin eine angesehene Persönlichkeit. Und so mischte sich in Wallys persönliches Glück ein gewisser Stolz, der sie ein allerletztes Mal an die Geschichte ihrer Namenspatronin, der heiligen Walburga, erinnerte.

Am selben Abend marschierte sie mit ihren Freunden durch die Straßen und suchte nach der richtigen Hausnummer, der Wohnung ihres Vaters. Der hatte Lamm im Ofen, es roch köstlich, und nach einem wunderbaren gemeinsamen Essen schlugen die Gespräche gischtspritzende Wellen wie der Atlantik an steinerner Küste, wild und impulsiv.

»Warum hat Margarete Hansen das getan?«, fragte Wally erneut, und da niemand eine Antwort darauf einfiel, erklärte es Lisanne nun schon zum zweiten Mal. »Sie wollte niemanden belasten, Herr Torkien war jung, neu an der Schule … Also hat sie dich in St. Quentin abgegeben, in unmittelbarer Nähe deines Vaters.«

Tolkien schüttelte den Kopf. »Und ich Idiot habe nicht eine Sekunde lang darüber nachgedacht, dass der Italiener und all die Geschichten erfunden sein könnten.«

»Geschichten sind immer erfunden«, sagte Jakob. »Aber die meisten sollen etwas bezwecken, verfolgen ein Ziel …«

»So wie meine Geschichten«, sagte Wally und grinste. Dann stutzte sie und wandte sich an ihren Vater. »Wenn meine Mutter so vorausschauend war, warum hat sie uns nicht den kleinsten Hinweis hinterlassen?«

»Vielleicht hat sie das ja«, sagte Jakob. »Gab es da nicht noch eine Kette?«

Wally griff sich an den Hals und zog das Kettchen mit dem seltsamen Anhänger unter ihrem T-Shirt hervor.

»Du meine Güte!«, rief Tolkien überrascht, und dann erzählte er von Gretes Geburtstag und seinem Geschenk. »Wer immer diese Kette trägt, wird beschützt«, hatte er an jenem Abend gesagt und betont, dass es ein Einzelstück sei, ein befreundeter Goldschmied hatte es angefertigt.

Und so saßen Tolkien und die Kinder bis in die Nacht hinein, fantasierten, überlegten und stellten letztendlich fest, dass Margarete Hansen einem sehr genauen Plan gefolgt war, der das Leben ihrer Tochter lenken und leiten sollte.

»Völlig unabhängig von mir und meinen haarsträubend wilden Ideen«, sagte Tolkien, »aber stets in meiner Nähe und mit der Möglichkeit, dass wir uns eines Tages treffen. Es erscheint ein wenig seltsam, aber je länger ich darüber nachdenke … ob ich mich damals um ein Kind hätte kümmern können?«

Tolkien ließ das so stehen, aber Wally hatte schon verstanden. Ihre Mutter hatte alles richtig gemacht, und das war ein sagenhaftes Gefühl.

Wie Scheherazade war sie eine kluge Frau gewesen und hatte Geschichten erzählt, die letztendlich zu einem Ergebnis führten: dem Ergebnis, das sie sich genau so vorgestellt und wahrscheinlich auch gewünscht hatte.

Wally umarmte ihren neu gewonnenen Vater, scheuchte ihre Freunde auf und verabschiedete sich. Die Zwillinge gähnten schon, und sie selbst musste auch ins Bett, schließlich wollte sie gleich morgen früh zu Hakan.

Hakan und seine Kundschaft kamen aus dem Staunen nicht mehr heraus, als Wally in den frühen Morgenstunden berichtete, dass sie ihren Vater gefunden hatte.

»Dann war es gar nicht dieser Typ mit seiner Reise und der Autopanne?«, fragte Hakan, und Wally schüttelte den Kopf.

»Aber wer ist es dann?«, fragte Hakan.

Wally grinste. »Es ist mein Lehrer, Herr Torkien. Der sieht cool aus, ist total nett …«

Hakan ließ die Schere fallen, stürzte auf Wally zu und umarmte sie. »Ach, ist das fantastisch«, jubelte er, und alle Kunden im Salon klatschten Beifall, applaudierten spontan und wollten alles ganz genau wissen, wie es dazu gekommen war, wie sie ihn erkannt hatte und wie sie sich nun fühlte.

»Großartig«, erklärte Wally. »Ich glaube, ich möchte in St. Quentin bleiben, das ist jetzt doch mein Zuhause geworden. Aber ich habe endlich meinen Vater gefunden, und das ist super!«

»Bringst du ihn mal mit?«, fragte eine der älteren Damen, und Wally nickte. »Natürlich, ihr müsst ihn unbedingt kennenlernen!«

Das wollten natürlich alle, und dann gönnte sich Hakan eine fünfminütige Pause und setzte sich neben Wally. »Nun hast auch du nachts Geschichten erzählt«, sagte er leise. »Und sie haben dir Freunde, ein Zuhause und deinen Vater beschert.«

Wally nickte und lächelte Hakan an.

Und so ging auch dieser Tag zu Ende, als einer der gewaltigsten, die Wally je erlebt hatte. Am Abend traf sie sich mit ihren Freunden auf dem Speicher, alle waren todmüde und bekamen kaum noch den Mund auf. Sie kuschelten sich nebeneinander aufs Sofa und machten auch für Wally noch Platz.

»Es hat geklappt, obwohl meine Geschichten nicht funktioniert haben«, sagte sie.

»Das ist Ansichtssache«, meinte Lisanne, sprang auf, humpelte auf imaginären Krücken herum, und alle lachten.

»Die Leute im Meer sind auch gerettet worden«, sagte Robin, und Jakob nickte. »Außerdem war Tolkien in Zollhofen und hat ein rotes Halstuch getragen.«

Und so spannen die Freunde die Geschichten noch ein bisschen weiter, zogen jede noch so kleine Wahrheit hervor, doch Wally wusste es besser: All das waren Zufälle gewesen, ein verrücktes Zusammenspiel der Umstände und herbeigeredeter Merkwürdigkeiten. Zufälle waren so selten wie Kängurus auf einem Popkonzert, Hundeschlitten in der Sahara oder Rüben auf einem Spargelfeld. Dennoch gab es sie, und Wally war äußerst dankbar dafür.

Ein Zufall hatte sie mit Jakob, Lisanne und den Zwillingen zusammengebracht und ein Zufall auch mit ihrem Vater. Aber ohne die Geschichten hätte die Suche nach ihrem Vater gar nicht begonnen, keine Chance gehabt, niemals. Ihre Erzählungen hatten sie auf den Weg gebracht, hatten möglich gemacht, was ihr sonst auf ewig verschlossen geblieben wäre.

Sie selbst hatte das Baumhaus gebaut, ihr eigenes, Brett für Brett und Wort für Wort, und nun war es fertig. Es hatte Türen und Fenster und strahlte in der Sonne, verankert in Zweigen und Ästen, und sah ganz genau so aus, wie sie das gehofft und erträumt hatte.

»Es ist die tausendundeine Nacht«, sagte Wally leise, »und ich erzähle jetzt meine letzte Geschichte.«

Robin und Sina strahlten und kuschelten sich eng an Lisanne, als Wally aufstand und zu ihrem Stuhl marschierte.

Jakob schraubte Tuben und Tiegel auf, tunkte den Pinsel in Farben und begann wieder einmal zu malen, neugierig und äußerst gespannt.

»In einem kleinen Ort in der Nähe der peruanischen Grenze erhebt sich ein Flugzeug, ein zweimotoriges altes Ding, das weit fliegen muss, über die Anden und noch weiter. Es sind neben dem Piloten nur fünf Passagiere an Bord, neugierige Menschen, die zu dieser seltsamen Reise angetreten sind. Die Maschine erhebt sich, schraubt sich immer weiter in den Himmel und steuert über die Gebirgsketten, eine höher als die andere.

›Das schaffen wir nie‹, sagt eine der Mitreisenden.

›Wir schaffen alles‹, sagen die anderen, doch plötzlich verliert der Flieger an Höhe. Vor ihnen erhebt sich ein gewaltiges Bergmassiv, das bedrohlich näher kommt, die Spalten im Gestein sind bereits deutlich zu sehen, und die Maschine fliegt zu tief, droht, an dem gewaltigen Massiv zu zerschellen.

›Komm schon!‹, schreit der Pilot. ›Hoch, Baby, hoch!‹ Und seltsamerweise schraubt sich der Flieger wenige Meter vor dem gewaltigen Berg nach oben, setzt über dessen Gipfel und landet kurze Zeit später sicher auf dem angesteuerten Flughafen.«

»Eine schöne Geschichte«, sagte Robin.

Sina nickte: »Sie gefällt mir.«

»Sie erinnert ein bisschen an uns«, sagte Lisanne und zögerte einen Moment. »Wir sind auch gemeinsam aufgebrochen, ein paarmal gescheitert und haben es dennoch geschafft. Jedenfalls gut, dass diese Geschichte nie Wirklichkeit wird.«

Und Jakob lächelte, er hatte ein Bild von Wally gemalt, von dem Mädchen in den kurzen Röcken, das nach Meer und Gischt roch und wundervolle Geschichten erzählte. Die leider nicht wahr wurden. Aber das war egal, jedenfalls für ihn.

Epilog

In einem kleinen Ort in der Nähe der peruanischen Grenze erhob sich ein Flugzeug, ein zweimotoriges altes Ding, das weit fliegen musste, über die Anden und noch weiter. Es waren neben dem Piloten nur fünf Passagiere an Bord, neugierige Menschen, die zu dieser seltsamen Reise angetreten waren. Die Maschine erhob sich, schraubte sich immer weiter in den Himmel und steuerte über die Gebirgsketten, eine höher als die andere.

»Das schaffen wir nie«, sagte eine der Mitreisenden.

»Wir schaffen alles«, sagten die anderen, doch plötzlich verlor der Flieger an Höhe. Vor ihnen erhob sich ein gewaltiges Bergmassiv, das bedrohlich näher kam, die Spalten im Gestein waren bereits deutlich zu sehen, und die Maschine flog zu tief, drohte, an dem gewaltigen Massiv zu zerschellen.

»Komm schon!«, schrie der Pilot. »Hoch, Baby, hoch!« Und seltsamerweise schraubte sich der Flieger wenige Meter vor dem gewaltigen Berg nach oben, setzte über dessen Gipfel und landete kurze Zeit später sicher auf dem angesteuerten Flughafen.

Die Zeitungen berichteten, dass diese Geschichte einem Wunder glich. Und niemand im ganzen Land wagte das zu bezweifeln, aber auch wirklich niemand.

Von Wünschen und Geheimnissen

Angie Westhoff
Das Buch der seltsamen Wünsche
Ab 10 Jahren · 256 Seiten
ISBN 978-3-7817-2319-1

„Diese Sommerferien werden wie immer sein", denkt Flint, als er bei seiner Tante ankommt. Aber da täuscht er sich! Hausmeister Schripp bittet ihn, die verrückte Charlotte, ihren mathebegeisterten Cousin Ben und die musikalische Jette, einen alten Schulfreund von ihm auf- zuspüren. Als sie den vermissten Herrn finden, übergibt dieser ihnen ein geheimnisvolles Buch. Und damit beginnt ein ganz unerwartetes Abenteuer …

Weitere Informationen unter: *www.klopp-buecher.de*

Bei Emma geht's drunter und drüber!

Maja von Vogel
Alle lieben Emma (1)
ISBN 978-3-7817-2224-8

Maja von Vogel
Emma will's wissen (5)
ISBN 978-3-7817-2229-3

Maja von Vogel
Emma im Glück (6)
ISBN 978-3-7817-2230-9

Emma kommt einfach nicht zur Ruhe, seit eine Freundin ihrer Mutter – samt „Nebelkrähen"-Tochter Mona – bei ihnen eingezogen ist: die Erwachsenen planen ein Gesundheitszentrum mit Yogaunterricht in ihrem schönen Bauernhaus. Mit Lieblingsfreundin Lea gibt es auch Stress. Dabei möchte Emma am liebsten nur von Bastian träumen! Aber in Emmas Leben ist eben immer etwas los.

Bandenspaß –
Wir sind die Klapperschlangen!

Angie Westhoff
Die Klapperschlangen (2)
Jungs sind wie Fliegenpilze
ISBN 978-3-7817-2325-2

Angie Westhoff
Die Klapperschlangen (4)
Eine Bandenchefin sieht grün
ISBN 978-3-7817-2337-5

Angie Westhoff
Die Klapperschlangen (5)
Kein Sommer ohne
Bandenzoff
ISBN 978-3-7817-2338-2

Gleich an ihrem ersten Schultag verdirbt es sich Jacky mit Sven, dem Anführer der Jungenbande „Die Rote Sieben". Wie gut, dass sie sich mit Kalliope, Nixe, Sarah und Pauline anfreundet. Die fünf gründen ihre eigene Bande, die „Klapperschlangen", und machen von nun an den Jungs das Leben zur Hölle.

Weitere Informationen unter: *www.klopp-buecher.de*